Qiu Huadong
Collection

邱华栋文集

中短篇小说

午夜狂欢

邱华栋 著

江苏凤凰文艺出版社
JIANGSU PHOENIX LITERATURE AND ART PUBLISHING, LTD

图书在版编目（CIP）数据

午夜狂欢 / 邱华栋著 . -- 南京 : 江苏凤凰文艺出版社 , 2018.6
（邱华栋文集）
ISBN 978-7-5594-0532-6

Ⅰ . ①午… Ⅱ . ①邱… Ⅲ . ①短篇小说 – 小说集 – 中国 – 当代②中篇小说 – 小说集 – 中国 – 当代 Ⅳ . ① I247.7

中国版本图书馆 CIP 数据核字 (2017) 第 126244 号

书　　名	午夜狂欢
著　　者	邱华栋
责任编辑	黄孝阳　王　青
出版发行	江苏凤凰文艺出版社
出版社地址	南京市中央路 165 号，邮编：210009
出版社网址	http://www.jswenyi.com
印　　刷	三河市人民印务有限公司
开　　本	690 × 960 毫米　1/16
印　　张	15.25
字　　数	185 千字
版　　次	2018 年 6 月第 1 版　2021 年 6 月第 3 次印刷
标准书号	ISBN　978-7-5594-0532-6
定　　价	34.00 元

目　　录

001 // 午夜狂欢

071 // 平面人

121 // 波浪 喷泉 弧线 花园

174 // 遗忘者的旅行

午夜狂欢

午夜的游戏

他们这是去干什么？四个人走在漆黑的夜里，这种夜晚空中连一只鸟儿都没有，黑夜如同最浓郁的咖啡一样黑，没有狗叫，只有汽车在大街上咬人的声音，那声音像是鲍勃返衣椎歌。这时已是午夜两点，他们刚才把一辆福特“天霸”停在了立交桥边，那辆黑色的美国原装轿车如今左前灯已被撞坏了，像个瞎了一只眼的海盗头子。他们四个人走路时都没有谈话，他们向立交桥上走去。

忽然有一个人被什么东西绊了一下，他跌了一跤，“Fuck！（操），这是什么东西？这是什么？你们看……”他带着哭丧腔从地上爬起来，把一只手伸出来叫其余几个人看。

此时他们已经爬上了一片高高的路基，一条铁道穿越了城市的肚腹，像一条松弛的皮带一样延伸了过来。他们摇晃着身体在路基边站定，片刻之后，一辆火车亮着灯，像个警察一样呼啸着冲了过来。几个人聚到了刚才跌倒的那个人跟前，火车那剧烈颤抖的明亮灯光泻到了他们的身上，跌倒的人摊开手叫大家看，他们看见他手上有一滩黏稠的东西，搞不清那是城市在黑夜里分泌的什么液体，其中一个说："你闻一闻？"

他就闻了一闻，"狗屎！这真的是狗屎！"他叫了起来，大家一阵哄笑，"左岩抓了一把狗屎，今天你要倒霉了……"

他们又重新散开，那个跌倒的叫左岩的人更加沮丧了，"可这鬼地方连一只狗都看不见，哪儿来的狗屎呢？"他想不明白。

在他们身边，火车正带着一种坚强有力的节奏从他们身边飞驰而过，他们继续鱼贯着向前走，左岩掏出了手绢把狗屎擦干净，然后扔掉了它。走了一会儿，那列火车也过去了，他们在相对空旷的一个区域停了下来，喷着酒气一起转身眺望远处城市的中心地带。

那里，如同一座灯光的岛屿在黑暗之中浮了起来，积木般的楼厦林立，到处都是霓虹灯广告在闪烁。那是欢乐的物质世界，美女加汽车加洋酒洋房加名牌电器是那些广告的内容，那是另一种生活，城市生活的象征。

"Fuck！"左岩又嘟囔了一句，"秦杰，你要把我们带到哪儿去？我喝多了，我连站都站不稳。""就在这儿，我们到了"，秦杰用懒洋洋的虚无腔调说，"在这儿玩儿。"

"在这儿？这里空空荡荡，在这儿干吗？"左岩有点儿吃惊地问他们。

"杀人，杀个人。"于磊冲他明笑着。

"杀……人？杀谁？"左岩觉得气氛有点儿不正常，午夜行刑的队伍在进行，他看出他们没有开玩笑。

“杀你”，何晓说，“谁叫你抓了一手的狗屎？你真的要倒霉了。”三个人都阴笑了起来，简直像猫头鹰在夜晚的嚎鸣。“抓住狗屎的人会给我们带来坏运气”。

“杀我干吗？咱们可是多年的朋友啊……”左岩突然有点儿紧张，他想起了不久前他读过的一篇美国作家巴塞尔姆的小说《我们的朋友考尔比》，考尔比的朋友仅仅因为考尔比“走得太远”而处死了他，用了绞架，还请了乐队伴奏。莫非我也走得太远？他想，你们几个人谁都走得比我远，却要处死我？他有点儿想不通，他看了一眼秦杰。

秦杰笑了笑，他的笑容里总有一种杀气和冷酷的嘲讽。“玩儿个游戏，这个游戏正是最近在城市中流行的。不过，一般在这个游戏中都要死一个人的，但不一定是你，也可能是我，他和他。”

“什么游戏？”左岩没弄明白。

“这个游戏叫‘你死还是我死’，咱们或者躺着，或者趴在铁轨的中间，让三列火车经过，然后再爬出来，看谁没被火车带走。一个简单的游戏，玩儿不玩儿？”

“玩儿！玩儿！”于磊和何晓欢呼着，左岩想了一下，“好吧……我也玩儿。”

这时还没有列车过去，如同摇滚乐最后的嘶吼还没有开始，四周的空气变得潮湿了。他们走向铁轨，或趴或躺，都待在铁轨中间的枕木上了。

这是一个叫人心惊肉跳的行动，但能叫人麻木的神经悚惧。左岩在想：在城市的夜晚，还有什么游戏我们没有玩过呢？他想了想，全玩过了，也玩腻了。但这个“你死还是我死”的游戏还没有玩。他躺在枕木上，忽然就听到了远方传来的一阵阵颤音，一下又一下节奏在加快，如同乐队的一首曲子的演奏一样。然后他的身体就颤抖了起来。一列火车冲了过来，带着一种摧枯拉朽的力量，从头顶飞驰而过。

这是最为漫长的短暂时刻，但它终于过去了。左岩被火车经过所带起的风眯住了眼睛，他担心自己会被吓得屁滚尿流，但一阵风过去了，他睁开了眼睛，又看见了让他迷醉的城市上空那变幻的星空，那是突然叫他感到亲切的小东西，每一颗现在都冒着热气与香气，他尖叫了起来，"你们都还活着吗？"

没有人说话，可能他们全都死了，被这列火车给拖走了，风驰电掣一样被带向远方，正在变成血肉的碎块被带向黑夜的深渊里。

但是，左岩又听到了一阵震颤，仿佛有人在摇晃着他的双腿，轨木也在颤抖，又有一列火车开了过来。然后，又是一列，两列火车前后只隔了几分钟。火车从躯体上方经过。左岩睁大了眼睛，他可以看见火车的腹部像一条多节履虫一样拖着身体爬过去，使他心惊肉跳，他用双手拢住了前胸，因为他早就听说在这个时髦的城市青年的游戏中，有人的衣服被风吹起来，被火车挂住以后就被拖走了，连脑袋都给拖没了。可为什么还有不少人热衷这个游戏？他想不明白，他越想越害怕，就尽力用手捂住上衣，不叫风把衣服吹起来。

这可真叫他恐惧，他想象自己处在了火山爆发的一刹那，或者他是行走在剃刀的边缘，一不留神就会被切掉身体。他听见自己体内的钟表走得忽快忽慢，火车像条长长的多节草履虫那样爬着，从他的头顶向前爬着，像是噩梦的永恒延伸。然后，火车过去了。

左岩心头一阵狂喜，"我没死……我没死……"他尖叫了一声爬了起来，

“我没死！”他冲着夜空嚎叫了一声，他认为今天有人想叫他死的阴谋破产了，但他又有了一丝恐惧，因为他们三个人还趴在那儿一动不动，“莫非他们死了？”他紧张起来。

“死了没有呢？”他等了一会儿不见他们起来，就又向铁轨走去，又有一列火车奔跑了过来，他这才看见他们三人像鬼影子一样从铁轨的中间飘了起来，他们拍了拍衣服，有点儿不满意，“谁都没死，这可奇怪了。”于磊说。

“你只要把头在当时抬起来，你就沾上光了。”左岩说。

“你一定是沾了那一手狗屎的光。”何晓说。

“那我宁可叫你摸着一手的狗屎。”左岩有点儿生气了，“我要骂人了！”

但他们都不再说话了，又向不远处的那一片黑暗之中浮起来的城市中心区域望去。

从这里看去，那里一片华美多彩的灯光已将其笼罩得不太真实了。一些楼厦的黑色身影挤满了被灯光照亮的半个天空。因此它们看上去完全就是一堆巨型积木，被不知是谁刻意地堆在那里，冷漠、华丽、高大而又令人惊羡。他们站在那里望了一会，心情都十分复杂。因为，他们就在其中生活着，是城市肠胃中的蛔虫，分享着城市肚腹中的油脂，因此他们都既爱它又恨它。

过了一会儿，他们才沿着路基向回走。这是穿越城市市区的一条铁路，两边是黑压压的居民楼，城市睡着了。

而他们还醒着，像是午夜的孩子，午夜狂欢的一种动物，生机勃勃而又略带厌倦地在城市黑夜的肌体上寻死觅活。或者他们是一种充电玩具，经城市充电之后再放电。

他们被一种颓丧情绪所笼罩着，酒气仍没有从他们的身上散去，在来这里之前，他们从一家酒吧喝到另一家，一共喝了七家酒吧。他们从路基上又走了下来，钻入了福特“天霸”车里，几个人沉默了一会儿，秦杰说：“虚无啊。我们去哪儿呢？”

空气中飞满了龙虾和地雷

“有个好工作，有个好情人，有个大电视，有辆小轿车，有一套房子，还要……可是有了这一切之后我再干什么呢？我为什么非要这么生活，把自己的生活变成了屠宰场机器传送带上的一块肉，按照某种标准程序，直到被切成碎块变成了罐头？”

这是秦杰、于磊和何晓三个人要想的问题。当然左岩还没有这个问题，因为他还是一个大光棍儿，也没有车也没房子。

我们去哪儿呢？我们无处可去了吗？这都是左岩要想的问题。一到夜晚，他的大脑就一片混乱，他就会想到一阵莫名的紧张。

他所看见的就是天空之中飞满了张牙舞爪的大龙虾，而且还飘满了地雷，谁一碰就会把一切炸得一片粉碎。

所以，有人说左岩和秦杰他们混在一起注定没有好下场，要变成龙虾的一块肉从天而降。

可这么大的一座城市，难道就已经没有什么可去的地方了吗？左岩的大脑在飞速转动。他的意识中出现了大龙虾在半空之中飞舞的情景。龙虾飞舞，龙虾碰到了半空中的地雷，于是轰然一声巨响，龙虾那带着盔甲的血肉便在整座城市的楼厦顶部像雨点儿一样落了下来，落到了保龄球场、壁球馆、网球馆、台球馆上面，落到了赛马场、桑拿按摩中心、旱冰场、滚轴溜冰场、酒吧、迪厅上面，落到了音乐厅、美术馆、博物馆、卡拉OK舞厅、游泳池上面，落到了俱乐部、高尔夫球场、体育场上空。但他对这些都已经有些腻了。他现在最恨的生活就是坐在三里屯附近的某个装饰既矫揉造作又简朴得像个农舍一样的酒吧里，听那帮同性恋歌手唱蓝调和布鲁斯。他就烦这一点。真的没有什么地方可以去了。于是他的心情就很糟，他就说："Fuck！ Fuck！"

他忽然痛恨起这两三年才在城市中兴起的酒吧文化了，因为每当他听着那些靡靡之音后再回到宿舍中，他会感到更加孤独。他觉得自己对很多东西都已失去了兴趣，尤其对爱情，他更是嗤之以鼻。他最后一次轰轰烈烈的爱情发生在半年以前。他大学时代的女朋友在嫁人前忽然又见到了他。于是他就开始在北京和哈尔滨之间来回飞了好多趟，但最终那个女孩还是嫁给了别人，他与她睡了几觉，感觉很好，只是他却有了一个射精缓慢的毛病。后来他冷静下来，发现自己除了花去了不少钱之外什么也没有捞着。那个女人仍旧是别人的女人，他不过只是一个情人罢了。

当他的爱情之火熄灭了之后，他就开始讨厌起女人来。他发觉除了母亲，从来没有其他女人给予他的要比他付出的多。"Fuck！"他说，他在这座城市也交了几个女朋友，但从来没有让他的灵魂发抖过的。一开始他还是个害羞的男孩，后来他技巧娴熟了。最近他与一个新女友分手了，这个女孩是本市土生土长的女孩，按一般的说法是这座城市的女孩又懒又笨。而左岩是一个什么都会干的男人，每次她来看他都是他做饭，她在一边站着看。左岩苦口婆心地说："你来学切菜，你最好学学做饭……"

"我学做饭干吗？"这个胖乎乎的女孩笑嘻嘻地说。

于是左岩就很生气。他就把她给赶走了。过去他有一句名言，就是"没有女朋友的生活，就是猪狗不如的生活"，可如今他发现自己有了女朋友之后他自己倒变成猪狗了，为了不再做猪狗，他把这个女孩给休了。休了她还忧心忡忡地说："你要学做饭……"

"我学做饭干吗？"那个女孩仍旧是一副笑嘻嘻的样子。

当他发现女朋友一点儿也没有要帮助他料理他的生活的意思，他就把她给赶走了。他就讨厌起女人来。他想了一遍自己交过的女朋友，认为她们没几个好的，就更加沮丧了。加上在北京实在没什么地方可以去了，他就有点儿幽闭。

"人不爱我我自爱！"他大声嚷嚷。然后他就找了个机会去了美国一趟。在此之前，他的打扮非常像美国华裔青年，但他却从来没去美国一趟。于是他就去了一趟，在美国待了一个月。回来后更加沮丧了，他发现美国也就那么回事，不怎么样。但他在纽约和旧金山各有一次嫖妓的经历。在纽约嫖妓时那个金发妓女全部用嘴跟他干，从脚趾头向上一路吻上去，而且还用嘴给他戴上避孕套，但她吻到他的大腿根时停住了，那里有一块癣，妓女犹豫了半天才小心翼翼地绕了开去。

另一次是在旧金山，同样是一个金发妓女，却用牙齿把他的那家伙咬得伤痕累累，以至一动起就疼得要命。此外，他还看了一场脱衣舞表演，他是掏了二十美元看的。"那个舞女跳到我跟前，叫我多掏十美元，然后她就把大腿张开来叫我看。”他对秦杰他们说。

“有多远的距离？”

“很近。都快碰上我的鼻子尖了。”

“你都看见什么了？”

“我……我看见了一片毛茸茸的虚无。”

他觉得自己的确是看见了一片虚无。此外还在美国纽约的大街上，穿行在那些摩天大楼的下面他感觉更压抑。但在纽约市有不少人在向他问路，这使他很开心，“往左，再往右。”他用手胡乱一指，然后很快活。他认为美国充满了活力，“不过那真的是白种人的地盘。”于是他就回来了。

他回来之后，除了和一个女友有一次纯属解决性压抑的性活动之外，除了去出版社上班，他一直没和秦杰他们联系。回来后他买了一台奔腾新型电脑，天天闷在屋子里看 VCD，玩电子游戏，谁呼他他也不理，秦杰他们往他的手机上打电话，他也不开机。于是他们就传言说他得了幽闭症。

左岩忽然变得谁也不想理了，他只想和他的电脑搞在一起。我果真得了幽闭症了吗？他问自己，但他的确不爱与人交往了。最近一般时间，他把自己的电脑接上了互联网络。从上面调下来不少东西看。他看了几篇他就觉得那没什么劲儿。他还带回来不少色情成人杂志，可看过了他只记得女人那大腿之间是一片毛茸茸的虚无。这种与电脑和色情杂志搞在一起的状况持续了两个月，直到秦杰他们开着车，堵上门找到了他，拉着他去玩那个“你死还是我死的游戏”时，他才从那种幽闭状况中走出来。

后来他越想越觉得这种“你死还是我死”的游戏有意思，他有几次又一个人偷偷跑到那条穿越都市心脏的铁轨中间躺着，一边哼着歌一边听着枕木的震颤，觉得麻木的心灵忽然变得鲜活了。于是，他就喜欢上了这个游戏。

但他又在揣测，秦杰他们带他去玩儿这个游戏时是不是想惩罚他？因为巴塞尔姆的那篇被朋友们处死了的考尔比的小说就是这样的命运，原因是考尔比走得太远。走得太远！我与电脑和成人杂志搞在一起幽闭了几个月算不算走得太远？他又打了个冷战。他想起了他到底是如何沦落到这种可怕境地的第一天的。

毫无疑问，每一个人一开始时就是简单的，从来也不是复杂斑驳的，他在想自己是从哪一天开始陷入这种没有意义的状态中去的呢？

那还是他第一次去歌舞厅，在那天以前他从来也没有去过歌舞厅，下午的时候秦杰突然呼了他一下，他立即赶到了秦杰所在的酒店，那是一家三星级的酒店，他进了十层的房间，发现秦杰、于磊、何晓全部都在，还有一个看上去并不大的女孩，那个女孩叼着一根又细又长的加长型女士烟在抽，他不认识她，但他看见除了这个人之外，床上那凌乱的未叠的被子说明这个女孩晚上是睡在这里的，她是谁的女朋友？

“胡铃铃，这是左岩，出版社编辑。他最会讨女人喜欢了，对他要防着点儿。”

胡铃铃看上去也就只有二十岁。她的肤色有点儿黑。眼睛很亮，但她那稚嫩的外表却非要装出一副十分老到的架势，好像她真的见过世面似的，“我什么都见过，流氓我见多了，我才不怕你了。”她冲左岩吐了一口烟圈儿。

左岩立即明白这一定又是秦杰勾上的一个女孩。秦杰是一个汽车经销公司的经理，专卖各种进口汽车，因此他可以从公司中偷偷开出任何一种车型的汽车。这天晚上他开出来一辆排气量 2.6L 的“别克”车。他们在酒店里待了一会儿，秦杰就要求去“金苹果”歌舞厅。这家歌舞厅是全部是从东北来的朝鲜族姑娘，一进大厅，在大厅里坐着的十几个打扮得像野鸡一样的女孩都冲他们挤眉弄眼，左岩悄悄地观察着胡铃铃，发现她故意装出一副满不在乎的样子，她肯定和我一样第一次来到这种鬼地方，这四个男人中只有她一个女孩，这么说他们至少还要叫三个陪舞小姐。他们没有去包间，而是在大厅里找了个大沙发坐了下来。小姐们散了开去，女经理上来与秦杰神秘地耳语了几句。于是，走上来三个女孩，秦杰斜着眼看了一眼，“真难看，你们就不能长得漂亮一点儿？”秦杰骂骂咧咧地叫她们坐在了左岩、于磊和何晓的边上。于磊和何晓看来已是熟门熟路，左岩身边坐下来一个面皮白净的高个女孩，看上去恨不得比他还高半个头。

左岩有点儿紧张，他不知道该拿她怎么办，“我该怎么办？”他有点儿流汗了。他看见秦杰已经点了一大堆的啤酒和葡萄酒，夜色早已铺了下来，歌舞厅里更为幽暗，那个高个女孩的眼睛在暗处闪烁，看上去像是一种猛兽，但这时她却亲热地说：“咱们点几首歌吧。”他点了点头，点了几首他十分讨厌的歌，他想如果他把这几首他十分讨厌的歌唱上一遍那他就会更加讨厌一些东西了，而秦杰已经在那里吼叫起来了，他在唱《你的柔情我永远不懂》，左岩觉得自己真想吐，这些全是令人作呕的歌声！一个没有柔情的人当然不懂柔情。

空气中飘浮着龙虾和地雷！就是在那一天夜里，左岩感受到了这样一种威胁。龙虾是他一向最害怕和最讨厌的一种东西了，每一次吃龙虾时他看着被剔去骨肉的龙虾趴在小木船上他就害怕，可为什么空中也飘着地雷呢？那是一种黑色的圆溜溜的可爱的可以随时爆响的玩意儿，它可以把一个人炸得连腿毛都不剩。就在音乐响起来的一刹那，那个高个女孩请他一起跳个舞。他有些面红耳赤，但他站了起来，他被她拉着手走向了舞池，那是一首很慢的曲子。于是他们两个人开始跳了起来，他发现这个女孩的确比他要高半个头，这样她的下巴就可以抵住他的额头了。这使他看上去完全像是一个小弟弟，或者是一个吃奶的小孩子。他和她跳了一曲，他感到自己好像被裹挟着。他完全是被动的，这是他第一次上舞厅，那个女孩把她的看上去完全没有束缚好的乳房像两座小山丘一样朝他送了过来，他怕被这两个东西压死，就拼命抑制住呼吸。他突然明白这完全是一个陷阱，一次骗局，因为最终，她的一切企图都是要以他付出一二百元的小费为代价的。“你们挣钱可真容易。”他想，“只被摸几下就可以挣到钱。”他下意识地托住了她的屁股，把她拉向了自己，他的胆子变大了。这使得他和她的舞蹈变成了胯骨的切磨，这是他初尝到了甜头。

他们又坐回来的时候，左岩发现胡铃铃坐在那里一个人大口大口地喝着葡萄酒。而这时秦杰正搭着另一个女孩在跳舞，她的这种醋心大发完全没有必要。“你吃醋了，”他对胡铃铃说，“他是个花花太岁，你要自己去找一点儿乐趣才行。”

“可我才二十岁，我还不明白什么叫不忠贞。我觉得他不应该跟那个臭女人跳舞，你说呢？我是他的女朋友啊，昨天我还是处女，今天他就又跟别的女人跳上舞了，这我受不了，”胡铃铃哭了起来，她这一会儿完全是一个小可怜儿，左岩直心疼她，但他也毫无办法，可另一方面，他又从心灵的深处鄙视她，因为他认为她是一个自轻自贱的女人。“你还在上学吧？”左岩问她。

她说是，她是一所经贸大学三年级的学生。一听到这个，左岩发现问题就变得严重了。她肯定是爱上秦杰了，因为秦杰风流倜傥谈笑风生，而且还能开各种欧美名车出来，活该！你将注定逃脱不了被抛弃的命运，左岩一方面幸灾乐祸，另一方面却又被一种深深的悲哀给抓住了。

爱情在这样一个物欲横流的时代里已变得有代价、有条件了，或者爱情其实是一直有条件的，不过在今天，金钱成了一个重要的条件。这个女孩因为秦杰有钱有车而与他搅在一起，而秦杰却恰恰会因为她这一点而毫不犹豫地抛弃掉她。这是肯定的结果，他不禁感到悲哀起来了。

但就是在这一天，他感到了龙虾和地雷在空气之中翻浮，他第一次来到了歌舞厅，第一次和三陪小姐跳舞、唱歌、喝酒，还不失时机地把手伸进了她的衣服。就这样，他由一个一谈到性就不自在的手淫者变成了一个信奉交换原则的人，他还看到他们离开舞厅时，胡铃铃与秦杰进行了厮打，而秦杰推开了她，她倒在沙发上睡着了，他肯定不会再理她了。左岩了解这一点。

“午夜狂欢！”他们四个人又重新走到了大街上，午夜两点，大街上空荡荡的没有人，四周一片凄清，只有一些沉默的高楼，这些高楼使大街变成了一道峡谷，他们在峡谷之中感到自己变成了新的人类，城市印第安人。秦杰伸长了脖子，“呕噜噜噜噜——”地叫了起来，他这一声类似于印第安人战斗时的嘶叫十分尖利悠长，它划破了夜空，直冲云天，于是左岩、于磊和何晓也都叫了起来。这是四条人狼，在午夜发出了城市印第安人的叫声，但他们惊不醒城市的睡梦，城市早已死在自己的睡梦里了。他们踩着自己的影子走远了。

在剃刀边缘

一到周六下午，他们三个人就都要聚到秦杰那里。他们先是吃饭，然后就开始打麻将。由于打的钱数太大，这时左岩总要躲到一边去。秦杰会再呼一个生意上的朋友打一会儿麻将。往往一直打到晚上十点钟之后，秦杰会开着车带着几个人上了大街。他们肯定会先找一个熟悉的歌舞厅，进去要一个包间，开始唱歌、跳舞。这几乎是一成不变的生活。凌晨两点，所有的人都从黑夜之中退却，他们也从歌厅中出来，他们在各个舞厅中都有小相好，因此他们并不总是带她们走。最近秦杰与一个从东北来的朝鲜族的女孩关系不错。秦杰喜欢她是因为她并不是一上来就说："我是第一次来歌厅，我才做了一个月，我有一个上大学但没钱的弟弟，我妈死了，我爸还瘫痪在床，我需要钱供弟弟上学，还给爸爸治病……"在歌厅里总是这一类货色，所以一旦秦杰在某个十分熟悉的歌厅中见到一张不熟悉的女孩的面孔，他就会问她："你是干什么的？"还没等那个女孩说什么，他就会说"我才在这里做了一个月，我有一个……"

总是这一类把戏。"你就没有一点职业荣誉感？"秦杰气呼呼地问那个女孩。他憎恨虚伪，尽管实际上他自己最虚伪，但那个朝鲜族女孩，她长得胖乎乎的，她从一开始就不说自己是被逼无奈。"我喜欢陪你跳舞。"她说，"我喜欢陪男孩跳舞。"

"不给你小费行不行？"

"行啊。那有什么，你不给就算了呗。"她说。她的目光之中闪烁着一种迷幻的光芒。于是最后秦杰就多给了她二百元，一共四百元。

但老在歌厅里待着也没什么意思。一到夜晚，左岩发现他们四个人就都变成了另外一种人，他们不再是正派的汽车经销部门经理、电视制片人、出版社编辑和一家信托公司的部门经理，他们变成了浮游在城市黑暗河流上的一种生物，变成了失意的人、说谎大师、超级骗子、神经质、恐惧者和狂欢的人。他们在白天和晚上绝对是两种状态的。

在歌厅里玩了一会儿，他们就要走到大街上，他们都很烦，秦杰决定再去按摩一会儿，他们一起去了丽人桑拿按摩。这是一家门口有着两尊裸体大卫雕塑的装修豪华的桑拿按摩院。一进门，就有小姐笑眯眯地迎接他们进去，更衣、换鞋，然后是去药物浴与温水激流浴中浸泡，过一会儿再钻入蒸汽室或桑拿室把自己蒸一下。蒸汽室中雾气弥漫，而桑拿室中则灼热似火炉，左岩最受不了的就是坐在木条凳上被烘烤了，每到这当口他就要想起古代的一种酷刑，把人放在一个瓮中，四周用火烧烤，他就会赶紧尖叫一声逃出去，泡在水中。而秦杰、于磊与何晓则稳稳地坐在那里一动不动，任凭身上的汗流得如同自己变成了一只烤乳猪。而他们还要再蒸一会儿之后才立即跳到冷水池中，把自己猛地“冰镇”一下，据说这样浑身的毒素就全部都出来了。然后是搓背，这个程序往往由一个男人来完成，直搓得你浑身红通通，等再换上衣服，就可以到楼上的小间按摩了。

你可以从那一排按摩小姐中挑中一个你喜欢的，和她一起进小包间。这完全类似于一间手术室，中间有一张像床又像手术台的东西，你躺上去，或者先趴上去，裸着上身，穿一件较长的运动短裤，小姐就会给你按摩。左岩一进这种灯光朦胧的地方就神情紧张。按摩分中式、泰式、有全身骨节按摩和经络穴位按摩。什么是按摩？按摩就是把你大卸八块然后再把你组装起来。左岩在被按摩的时候，让自己彻底地漂浮在一种感受里，他仔细地感受着小姐的手在他的肌肉上行走，那是一种被一大群蚂蚁围攻的感受，非常甜蜜、酥痒和令人战栗。此外小姐有时候还要给你踩背，把你踩成一块肉饼，让你欲哭无泪。

……

但问题是，这种白天和黑夜完全分裂的情况，他是从什么时候开始的？他觉得自己的确越来越平面，越来越可怜，但他又不知向谁说，当他看到秦杰、于磊、何晓那沉溺于物欲之中的样子，他就想尽快地逃离他们，但他却又像一块废铁一样，加倍地被吸向了他们。他们如同一个磁极，叫他不能自拔，无地自容。

午夜一点，他们从桑拿按摩院中钻出来，来到了已十分冷清的大街上。这个时候，大街上只有灯光和黑暗的蝙蝠在一同翻飞，他们的肢体被蒸、被按摩与放松之后，变得轻松多了。何晓说："我真想飞起来，飞到这夜空之中。你看这座城市的夜景多美丽啊，我要飞到天空之中，和蝙蝠在一起飞翔。"

但秦杰提议他们都钻入汽车，于是他们就都钻入了汽车。在歌舞厅里喝的酒已被挥发了不少，他们感到头已不再发晕，左岩也看不见半空之中飞舞的龙虾和地雷了。他们在汽车里，汽车被发动着，像一只在黑夜之中闯入都市的猎物。这一刻的城市是死寂的城市，到处都是被灯光照亮的局部地区，城市被麻醉了，它躺在一张巨大的手术台上，但肌体仍旧在颤抖着，汽车安静地在街道之上滑行，在城市之中飘动。这一刻他们几个人都不说话了，汽车里弥漫着一种沉默的气氛，汽车如同一只敏捷的猎豹，在空荡荡的大街上飞奔。没有什么人，只有一辆辆稀疏的汽车，浮在如同干瘪的血管的城市大道上。"速度！"秦杰嚷嚷了一声。他立即加大马力，把汽车开快了。不久，他把汽车拐到了通往首都机场的高速公路上，然后他把车开到了每小时两百公里的速度，汽车在轻微地浮动，如同一块静止的海绵，而四周则向后涌动着海水，这是左岩奇特的感受，如此快的速度使他感到了死亡的威胁。这一刻！完全是在剃刀的边缘飞奔，一不留神你就会被切成两半，被死神收入囊中。左岩有一点儿紧张，他不知道于磊和何晓的想法，他看到在车里他们的表情沉静，仿佛什么事也没有发生，是什么事也没有发生吗？而汽车则在向死亡的怀抱飞去！左岩感到自己紧张极了，他可以听到自己的心脏撞击前胸的声响。秦杰一定是疯了，或者他是一个镇定的疯子，如果他当上了一国总统，掌握了核按钮，那么他一定会威胁全人类！他就是这么一个疯狂的家伙。左岩觉得秦杰是一个疯狂的船长，而于磊、何晓和他一起，正在被这个疯子一起带向一个疯狂地带。这当然是行走在剃刀的边缘，锋利的生活会随时切掉我们的肢体。这样说不免有一些空泛，但的确如此，当秦杰以每小时两百公里的速度开着车在首都机场高速公路上狂奔的时候，左岩感到死亡与自己只隔一张纸。他感到了恐惧，那种恐惧使他想突然从车上跳下去，远远地离开他们，他觉得他们全都麻木了，在赌博、色情交易、迪厅、贴面舞和按摩之下麻木了，他们如同几棵麻木的树，等待着被砍伐一光。当然这高速行驶的过程大约持续了半小时，然后，他们驶离了高速公路。

他们的车停在了一片空寂的楼群下面，四周静得如同海底世界。这里是何晓的家，秦杰他们都下了车，打算去何晓家再玩一会儿，“我们可以呼几个小姐来再跳上一夜贴面”。何晓说，但这时秦杰发现不远处地下通道的井盖上躺着一个人。“那是一个哑巴，天天在这里伸手向路人要钱。”何晓说。

秦杰一听，他走到了那个人身边，弯下腰闻了闻，然后他用脚踢了踢那个家伙。“你是一个哑巴吗？嗨，你是一个哑巴吗？”那团黑物蠕动了一下。秦杰尖笑了一声，立即用脚狠狠地踢了那个乞丐一下。何晓和于磊也走了过去，一起用脚踢那个人。几分钟后，那个家伙发出了号叫，“别打我了，别打我，我是个骗子，我不是一个哑巴！”

秦杰他们住了手。笑了起来，他们用暴力揭穿了一个谎言，而那个人用谎言去向城市要求施舍和怜悯，秦杰他们不想给他，左岩感到秦杰他们真的疯了，他想他们和我都一起生活在剃刀的边缘，总有一天都得一同走向毁灭。这是剃刀边缘的走动。他们向何晓家那幢大楼走去，他们在午夜结束了狂欢，像一群蝙蝠打算休息。

如何杀死一棵树

如何杀死一棵树？如何杀死以城市为背景愤怒生长的那棵树？这是我现在想的问题。现在已是午夜，而我像个醉汉一样在被飓风扫荡过似的北三环路边打车，我像午夜的影子一样沉入了城市黑夜的河流，成了午夜狂欢一族的成员。我日复一日地喜欢沉湎于各种狂欢场所去做一个城市人。倘若每天我不喝上几杯或者到一家歌舞厅里去坐上一会儿，我就没法与黑夜共眠，我和黑夜像与甜蜜的情人一样在厮杀。事实就是这样的，而且，我一般和秦杰、左岩、于磊混在一起，也许我们四个人全是复杂的空心人。于磊已经在歌舞厅小姐的胸脯上丢了三个大哥大了。可他昨天又买了一个，因为这家伙是个赚钱的好手但对摸女人的胸脯却毛手毛脚，秦杰总喜欢酒后驾驶他的那辆福特天霸并喜欢与别的车屁股亲吻，他的那辆福特“天霸”像个色情狂一样每个月都要与别的车搞上几下，我坐在空荡荡的屋子里为散场的贴面舞会收拾残局，我老婆自从三个月以前不辞而别后我的屋子就成了我们跳黑灯舞的好地方，贴面舞和有口无心的卡拉 OK 游戏一样，是一种空心人拥抱并厮杀的最好办法，我站在三环路边上大脑混乱，就想到了这些。

但我又一眼就看见了那棵树，那是一片金碧辉煌的大厦和高级写字楼之间唯一的大树，也许它就长在某一幢楼的顶部，因为它是那样高大，几乎要擦着月亮的脸了。有一天夜里我们四个人坐在车里沿着高速公路搜寻“午夜小姐”，睡眼惺忪的于磊突然在京城大厦旁边的一个地方看见了一样东西，“看，你们看那是什么？”我们发现了一棵银光闪闪、虬枝参天的大树。那是一棵真正的大树，在空寂的天空下辐射着银光。那难道是一棵真正的树吗？为什么会比那么多的大饭店、写字楼、巨型商厦还要高？在黑夜里看上去它好像是一株城市的邪恶的金属植物，是从金属城市的躯体上生长出来的。这叫我们感到了压抑与恐惧，但到了白天我们再经过那里时，它却无影无踪，莫非它在逗我们玩？我愤怒地透过车窗望出去，我又发现了它，它那么枝叶繁密，傲然而又冷漠地向天空伸展，它高过楼区的头顶，它几乎是蔑视般地与我对视，在黑夜之中银光闪闪。

第二天一觉醒来我就决定要杀死这一棵树，我立即给秦杰、左岩、于磊打了电话。他们在这座庞大的城市的各个角落都传来了相同的想法，因为不杀死它，我们每一个人都感到紧张，这座城市本来已经够叫我们紧张的了，可如今又有一棵树在和我们作对，我们在电话中狞笑了起来，约好在晚上在“金芙蓉”夜总会见面商量此事。这是令人激动的想法！你想想看，如果杀死了那一棵树，我们就会从焦虑的状态中脱身而出，重新变得宁静自然，否则会有一种可怕的力量使我们在城市的躯体上毁灭。这天晚上我们碰面了，因为我们在“金芙蓉”每人都有一个相好的。每一次去那里我都要找崔美花，这是一个丰满的喜欢穿白色衣服的小姐，我喜欢她那瓷瓶一样的体型。我们都到齐了，秦杰又一次修好了他的色情狂汽车，我们一转眼就钻进了包房，变成了成双成对的八个人，“可为什么，为什么要杀死那棵树呢？”崔美花一点儿也弄不明白，仍在不厌其烦地问我这个问题，可能她已经爱上我了，可我却没打算去爱一个三陪小姐。“我们必须杀死那棵树，但我们如何才能杀死那棵树呢？”

秦杰说："最简单的办法是把它炸掉。可我们去哪儿搞炸药呢？因为购买炸药需要出具各种证明，于磊的人事关系最多，由他去打通关节，但如果用炸药炸，会发出巨响与红色火光，这会令市政府大为恼火，也会令周围的居民感到恐慌，而且还要向市管委、市综合治理委员会、市建委、市绿化办、市公安局、市计委、市经委、市房管局等部门请示，而且还要交罚款三万元人民币。但我觉得这是一个一劳永逸的办法，大家想想看，几乎在一瞬间，绑在这棵大树的各个部位的炸药会把它炸成一堆碎片，我们就再也看不到这棵树了。"

于磊说："但是，但是抛开巨大的声响与冲天的火光造成的不良影响不说，我们必须要向市环卫局申请二十辆清洁卡车，在爆炸之后立即将这棵树的残骸运走，如果天亮后市民和外宾看见垃圾山会大吃一惊的，这个工作方案太复杂，涉及的面过宽了，我看不如去定做一把巨大的电锯，用电锯将这些树锯倒，这就好办了，或者我们可以采取轮流作业，每人干一小时。"

我说："但这棵树会朝任何一个方面倒下来，由于其躯干过于庞大，肯定会砸坏城市设施与居民住宅，这是很麻烦的，我建议我们定做四把小型电锯，从树冠开始，先锯掉树的一些枝杈，然后再一节节地锯掉躯干，使锯断的枝条的长度和重量都没有到能砸坏周围建筑与行人的程度。"

左岩先叫着说："我反对：第一，这势必会无限期地拖延下去，或者使杀死这棵树的计划在很长时间内才得以完成，而我们既缺乏耐心，也没有那么大的体力，第二，我们采用小型电锯，会发出较为难听的声音，你们想想看，谁能忍受长达一个月的噪音？"

于磊说："我觉得最好的弥补的办法是请一个乐队，由这个乐队在我们干活儿时演奏大小施特劳斯的作品，使整个工地现场看上去像是在举行露天音乐会。”

秦杰说：“但请乐队的费用是否过于庞大？据我所知，这座城市的很多星级饭店已经越来越请不起要价越来越高的大型室内乐队和中型交响乐团了。而且，如果乐队在演奏的话，肯定会招来很多人观看，这时如果我们锯断的树枝从半空坠下，砸伤了一些人，将由我们来支付医药费和各种护理费，在医院已完全变成了唯利是图的地方的情况下，这办法太不可取了。”

于磊说：“我看可以再采取一个新办法。由于这座城市处于内蒙古高原上大风的吹拂之下，因此我们可以考虑凭借风的力量，可以设计一种装置，把它安在京城大厦的顶部。我已实地勘察过了，我发现这棵树东侧有一个小型广场，适合它倒下去。”

但谁会做这样的装置呢？有人问，于磊立即用他的手机与鼓风机厂联系，但没有人接电话，这家伙忘了这是午夜，所有的人都已经睡了，而且，问题的关键在于，就算这种巨大的风力装置可以购到，用什么才能把它吊装到京城大厦的顶部呢？如此用直升机进行空降，那势必会扰动军方，这也是棘手之所在。

但如何才能杀死那一棵树呢？这棵黑夜之树、城市躯体上的邪恶植物，它令我们恶心、恐怖、空虚、紧张，令我们窒息、焦躁、忧郁。“可真的有这样一棵树吗？”崔美花又问我，“你们疯了吗，我觉得这完全是幻觉。”她在我耳边柔声说，“我们还是跳舞吧。”我站了起来，和她搂在了一起，这一刻我倍感孤独。尽管我比过去的任何时候都把她搂得更紧。秦杰、左岩、于磊都在跳舞，我们都变得忧郁了，我们甚至可以听见那棵树的枝叶繁茂的生长声，树冠像乌云一样压过来的姿势，但我们决定行动了。

但是，就在左岩去购买炸药的当口，他被警方抓获了，他是通过关系以开采煤矿的名义去弄到了一千公斤的炸药，但警方立即拘捕了他。他后来在看守所里过得很快活，这下子他在看守所里把那些犯人打得屁滚尿流，居然成了一个牢头。由于他过于开心，使我们顿时怀疑起他来，莫非他正是因为可以住在看守所里从而可以免去去杀死那棵树的艰巨任务？这使我们剩下的三个人变得忧心忡忡。

紧接着，在去定做巨型电锯的路上，秦杰的福特“天霸”又一次亲吻了另一辆汽车的屁股，那是一辆红色雪佛兰跑车，一辆漂亮的小母车，因此秦杰的汽车情欲奔放是完全可以理解的，这一下秦杰的汽车完全毁了，尽管他系了安全带，他仍被撞成了植物人。现在他躺在床上一动不动，脸上还带着一种诡秘的笑，他好像在说：剩下的你们两个去杀死那棵该死的树吧！

这让我和于磊一天比一天感到了恐慌和紧张。杀死那棵树的重任落到了我们身上，正在这个节骨眼儿上，于磊的老婆回来了，她还带回来另一个男人，她决定和于磊离婚，这把于磊气坏了，于是他和老婆打了一架，但打不过老婆，他被她用平底锅敲昏了头，盛怒之下她把他塞进了一个巨大的“冰熊”牌冰柜。后来，我把他从冰柜中取出来时他真的冻成一头小型冰熊，一动不动了。

于是只剩下我一个人去执行杀死那棵树的任务了。我必须实现同伴的遗志和愿望，我于是拉着崔美花的手出发了。我只拿了一把小型钢锯，但我们到了那儿，却再也发现不了那棵树了，而且突然之间，崔美花也不见了。她去哪儿了？这一刻我无比紧张。这是月光下的城市，这时整座城市如同德尔沃画中的月光城堡，空寂无人，如同死一样的寂静，我突然看见了东亚饭店门口停车场边有一棵小树在发出声音。

我走了过来，这是一棵小巧的松树。这整个地区只有这一株树，我疑心它是崔美花变的，因为她最喜欢和我捉迷藏了，每当我想要吻她时就找不到她的嘴唇。于是我立即下手干了起来，我不一会儿就锯倒了这棵树，但我听到了一声痛苦的呻吟，我低下头看去，我发现小树的根部正在淌血，而且它扭动的样子与崔美花躯体的波动一模一样！难道我把崔美花从大地上锯了下来？我摸了一把那血，我尝了一下，发现那是真的血，有一种甜腥味儿叫我恶心，我环顾四周，仍旧空寂无人，我更加紧张，我想我也许可以拿这棵树当圣诞树，于是我就拿着这棵树还在滴血的树在午夜中狂奔了起来，我向遥不可及的圣诞节方向奔去。

他们的状态……

以上这篇《如何杀死一棵树》是何晓写的一篇小说，这家伙在比现在更年轻的时候曾经做过作家梦，因此他总会通过虚构来重构生活，比如在这篇叫作《如何杀死一棵树》的小说中，何晓传达出了一种十分焦虑的情形。他分明感到了都市给他的压力，在这篇小说中，他的几个朋友都是以真人真姓的面目出现的，可为什么要杀死一棵树？在小说中他为什么要虚构出一棵使他自己都感到恐怖的树，这是他没有想到的，但他想出了一个问题，我们的历史是什么？我们是有历史的人吗？

当然！每一个人都有自己的历史，而他们的历史是什么？往事是浮在不断地流动的水面上的花瓣，而历史呢？历史是杂草丛生的小路吗？

秦杰生于一九六六年，他关于童年和少年的记忆早已成了无法拼撞的残片。他对一切有记忆的恰恰就是二十世纪九十年代，他奇怪为什么自己却记不住更早以前的事？他当然没有兴趣去记住童年的经历，没有兴趣去记住自己荒唐的大学时代，在二十世纪八十年代中后期他的大学生涯中，他还是一个诗人，当时有一个叫作“第三代”的诗派中他是其中耀眼的一个，除了写诗，他还在大学时代交了数目可观的女朋友，这成了他日后喜欢女孩的后遗症，一九八八年他大学毕业被分到了一个地区的行政机关，铺开了他的床铺的宿舍很小，到处都是一片潮湿的气息，蟑螂满地爬着，这种沉闷无趣的封闭的生活使他倒吸了一口凉气，这种生活与他在大学时代狂飙突进的风格一点儿也不一样。于是连续几年他都在全国范围内游历，拜访各地的诗人和名山大川，他发现各地的诗人不是成了精神病、自恋狂、山大王、杀人犯、书商和骗子，就是成了被女人养着的人。被女人养着的人倒是写出了好诗，但这如同被骟过的太监种出了好看的花而养不出好儿子一样叫他觉得不对劲。很快地，当更多的诗人都成了过江之鲫般的大小书商之后，他在一九九二年也变成了汽车经销商。

这完全是一个偶然的选择，这与他从小就喜欢汽车不无关系。他一开始是成功地倒卖了几辆走私汽车，这几辆走私汽车的提货地点分别是山东烟台、广东深圳和海南海口，因此认识了一大批做汽车生意的白道和黑道上的家伙。一年后，他来到了这座北方大城，在一家大公司当了销售部经理，当他认识了于磊、何晓和左岩后，他就成了四个人中当然的老大哥。

但是他发现自己的性格之中有一种强烈的破坏的冲动，他是一个破坏欲极的人，这包括：破坏人制定的规则、破坏女孩的处女膜、破坏夜晚的秩序。因此，在他们引领下，他们四个人生活在剃刀的边缘，女人、酒、赌博、狂喝滥饮和高速驾驶成了他的生活内容。这与汽车销售关系不大，但他内心之中总有一种要破坏掉什么的愿望，这也是促成何晓写出了《如何杀死一棵树》的原因之一。

“我是没有历史的人！”秦杰宣称，但这句话毫无疑问是谎言，不过这句谎言也包括了一部分真理，就是说他从来没有历史的负重。突然有一天，他发现五千年的中国历史在他的身上找不到一点儿踪迹，这种悠久文明的种子早在他的鞋跟里发霉，并被他连同沙子一起倒掉了。他是一个断代的人，以新的角色、新的姿势进入了当下。“克罗齐说，一切历史又都是当代史。”他又嘟囔说。从这种意义上讲，他已是一个生活在历史中的人了。

而于磊则比秦杰小一岁，他生平最憎恶的除了白痴，就是诗人了，原因是有一个四川人，冒充诗人秦杰跑到他这里骗了三百块钱走了。当然这还是几年前的事，几年后由于一个偶然的机会他认识了真正的但已不再写诗的秦杰，才把对一部分坏诗人的仇恨发泄了出来。作为汽车经销商的秦杰告诉了他有容乃大的原理，这时候，何晓已经成了一个股市中的操作高手。

“股市中有人生！”何晓说，他现在是一家信托投资公司的一个部门副经理，去年由于他干了一手漂亮的活儿，他得到了头儿奖给他的一辆绿色的五速捷达轿车，他和秦杰毕业于一所大学，不同的是他学的是经济，并比秦杰要晚三年。但他早就听说过秦杰的大名，因为秦杰在大学时代“绊”过的女朋友中，既有后来在中央电视台成了著名的节目主持人，也有跑到美国去开上了加长型林肯的女生意人，最不济的一个也跑到香港嫁给了香港十大富豪之一的三公子，成了有靠山的“贤妻良母”。“股市中有人生！”何晓说，他如今已炒了有三四年股票了，手中大约积累了一千多万块钱。“但炒股的感觉完全像是在做游戏，一下子五万块钱就没了，一下子五万、十万的钱又回来了，就是这种感觉，钱已不是钱，有时候它就单纯地只是一些数字，一些概念。”他说，他认为自己也没有什么历史，至少百年中国史在他的身上看不出任何痕迹，他西装革履，走到哪里都要打领带，他只是从学校到学校，毕业后他就一边为信托公司做基金，一边替自己炒股票。

不过，他发现自己有一段隐秘的历史，那就是对过去的女友、现在的妻子不忠的历史。

他的妻子是他大学时代的女朋友，一个非常清秀人又很老实的女性。他家在农村，所以他上大学那几年是女朋友给他掏了不少钱，毕业后他已对女朋友没有什么激情了，但仍然无法与她分开。对于他来讲，她是他的一个平衡，他可以悄悄地去交女朋友，有时候在股市的疯狂跳动中为了消解压力去嫖过妓，但他从来在妻子面前都是正派和正常，甚至是忠诚的，近来他开始操作的是期货业，干了几年后还赚了一点钱，但他对自己做期货还是没有什么底，因为期货投入大、风险也大，他的不少朋友都做期货，他目睹了他们的状况。由于期货交易时间早，一般他们大都睡不着觉，在晚上，这些期货交易者有的疯狂抽烟，有的则去嫖妓。压力太大，但作为没有历史的人，只拥有着对自己妻子的不断的小背叛的历史的人，何晓觉得自己渐渐被抽空了。他觉得自己非常的焦虑，是一种焦虑使他和于磊、秦杰走到了一起，成了午夜狂欢的人。

从某种程度上讲，午夜的狂欢与白昼中的狂欢不一样，它是隐秘的狂欢，它是角色的置换，是对夜晚的顺序的反叛与迷醉。午夜狂欢的人是另一类树枝，从白昼伸入夜晚，并开放着邪恶与自由的花叶。

秦杰的妻子就是由何晓介绍的，她是何晓的同学，秦杰在何晓的介绍下认识了她，认识第一天就把她给解决了。然后秦杰就被告知她要嫁给他，突然之间，他的生活不再抽象了，一下子变得非常具体，他有了老婆，不久之后又有了一个孩子。秦杰看着一天天长得越来越像自己的儿子内心之中却莫名其妙地涌上了不少欢乐。但他在家庭之外寻找快乐这一点上则与何晓达成了共识。两个人相视一笑，坏水就流出来了，而他们的老婆则毫不知情。

于磊的情况与他们稍有不同。于磊从小就觉得自己应该做一个艺术家、一个画家或是小说家。对于他来说，艺术家是那种把对完美的期待经过重组并进行了再现的人，是对现实世界进行提升的人，他还想过要做导演，但他的性格弱点使他没有成为上述中任何一种人，而是成了一家电视台的制片人。

正像秦杰的焦虑是来自他破坏欲的生命深层，秦杰就像一头没有完全驯服好的野兽那样，或者说他是一个来到了都市中的印第安人，总要在孤独的月夜向月亮发出野性的尖号，秦杰的焦虑是来自男人本性中的，而何晓的焦虑感则来自压力，来自需要在不停地释放的工作压力和股市投机的压力，而他的焦虑感，则是面对都市的一种茫然的感觉。

在他们的印象中，城市变成了一个人与人邂逅的场所，人与人总是迅速相识、又迅速地彼此忘记，充满了诱惑，充满了变化，充满了各种关系重组的可能。离婚率大幅度上升，从而使他对婚姻充满了疑惧。

不少人对他说婚姻是一个陷阱，但他总是想跳进去，他又对每一个靠近他的女人都十分怀疑，他每年能挣二三十万块钱，比秦杰和何晓少一点儿，但已近三十，他很希望自己能有一个老婆，刚巧电视台要分房子，但他又一时找不到合适的人，可只要有老婆就会有一套价值三四十万块钱的房子，于是经过何晓和秦杰的策划，他们给他找了一个叫沈萍的女孩，她同意可以搞一个假结婚，只要于磊给她两万块钱就可以了。

于磊同意了，与她去办了一个结婚证。他给了她两万块，房子很快分下来了，可当他装修完了之后，沈萍不仅不与他再去办离婚手续，反而是进驻了他的新房。两个人打了一架，于磊发现自己竟然打不过她，这是一个面庞清丽的东北女孩，瘦高挑的躯体中蕴含着可怕的抵抗男人的力量，于磊落荒而逃了。现在的状况是，他又不敢把事情闹大，这样如果叫单位知道了房子也许还会重新被收回。沈萍倒是经常消失，一消失就是几个月，等她又出现在于磊的面前时就是伸手向他再要钱的时候，“再给五千，不然我就找你们领导去闹！”她说。

于磊感到自己的生活过得糟透了。因此，他从内心深处泛上来了一种恶心与焦虑，他恶心自己，焦虑自己的生活状态，而这恰恰是他选择的结果，他憎恶这种结果，所以他变得焦虑了。

当生活一天天在人们成长中丧失了想象和诗意，生活中残酷、琐碎、庸常的复杂的一面在他们面前展开的时候，他们被迷惑了，被生活那纷乱的星空弄花了眼睛，于是他们沉湎于狂欢，借此来消解与排遣，有人说这是一个转型的时代，在转型的时代中变化是最根本的，必须要有一种战术的态度，而放弃战略的态度，即用随机应变的态度来对付生活中随机的变化，这样才不容易被伤害。

因此，实际上，当他们检视自己时，发现实际上是十分脆弱的，没有历史的人像荒草一样生活在都市中，具有被野火烧尽的性质。

左岩的焦虑主要是来自性、性的压抑与释放、性的释放方式，是缓释还是暴风骤雨？他总是处于在一种疑惧之中。他与秦杰、于磊和何晓不同，他们三个人已品尝了生活的灰烬，看到了生活和人性之中更复杂的一面，左岩对很多东西仍由抱着一种期待。哪怕一个女人的两腿之间是虚无，他也仍想从他想爱的一个女人那里发现实在的东西。

这当然是一个贫乏的时代里，信息垃圾、互联网络、克隆人和电信技术、核技术将人推向了一个新的境地。当人像上帝一样能够制造自己的时候，人就已经更可疑与更可敬了。从马克思到盖茨，这期间的变化与发展，设计与实现，已使人类有了新的转型。因此，从这种意义上这几个午夜狂欢的人，他们的焦虑具有了最当下、最人类的特性！

飞 行

“总是在地上活动，总是在城市中的路上走，什么时候我们才能飞起来？”何晓想，他对在城市楼厦的峡谷间的奔走烦透了，但是想飞起来是不容易的。

于是，他弄了一些大麻，秦杰、于磊、左岩和他都尝了尝，秦杰是一个干什么都容易上瘾的家伙，他立即说：“我飞起来啦！我飞起来啦！”他真的飞起来了吗？后来秦杰说他看见自己长出了一双银色的翅膀，飞翔在天空之中，与一些鸟相撞，“我以为我是一架飞机什么的，要不我为什么会和飞鸟相撞？听说飞机与飞鸟相撞，往往要让飞机完蛋的，我为什么没有完蛋？”

何晓则在哭，他哭得很伤心，好像他的股票一夜之间全都变成了卫生纸似的。他说不出话，他只是在哭，可哭有什么屁用？左岩想，左岩一点儿反应都没有，他觉得大麻的刺激还没有他从网络上拥下来的一些色情文学看着来劲儿呢，他一点儿感觉都没有。

而于磊感到自己的身体很重，他则有一种下坠的感觉。当秦杰说他飞起来的时候他很嫉妒，因为他的身体完全像灌了铅一样，他像是一块巨大的石头。

“可是什么时候，什么时候才能飞起来呢？”他琢磨着，“我就想飞起来。”

他忽然从报纸上读到了这座城市郊区已出现了几家飞行俱乐部，在俱乐部中可以提供超轻型飞机和轻型直升机、动力伞、山坡伞、热气球的飞行培训。于是他就去了。他是瞒着秦杰他们偷偷去的，在半个月中，用了几十个小时的空中飞行时间，他取得了一份驾驶执照和飞行证书。

当他把这个消息告诉大家的时候，有一阵子秦杰、何晓和左岩都懵了。他们没想到何晓会这么野，一下子都把他们给超越了。秦杰、于磊都会开车，而左岩则十分颓丧：“我连汽车驾驶执照都没有拿下来呢。”

“我们都去学飞行！”秦杰说，他不打算再去玩“你死，还是我死”的游戏了，他决定去学习飞行。他们于是在何晓的陪同下一起去学了飞行，左岩吓得要死，他只要求学了热气球的飞行技术，“这玩意儿平稳，这玩意儿在空中飞行像一条大船，我不学别的，”他说，实际上他是怕死。

秦杰又一次显露出了他的赌徒心态，他直接学习了超轻型飞机的驾驶。从外观上看，这种飞机完全像是用几块纸板和一些铁丝拴起来的，它是白色的，简单得你在家里也能造出来。“如果把你那辆‘天霸’车的发动机卸下来，装到用木板做的飞机模型上，你也能飞起来。”于磊开玩笑说。

实际上这种轻型飞机像鸽子一样灵巧，尤其是低冲的时候，沿着一个弧度十分优美的斜线飞下来，那种奇妙的感受非常刺激。

何晓则学习了驾驶轻型直升机的技术，他看来一向喜欢直上直下，直入青云。这家伙一直有一种暴发户的心理，这从他选择飞行的方式上也可以看得出来。

而于磊一直学习的是动力伞和山坡伞，这两种伞使他在半空之中可以自由地调整飞行方向，做一些十分灵巧的旋转，某种程度上类似于鸽子的飞行，这种自由的飞行使他感到非常的快乐，他这时候才发现自己已变成了一个飞行艺术家，在大地上空飞出一些图案来。后来他听说纽约有一个华人艺术家用遥控飞机在纽约自由女像高高举起的火炬上撒布了一道螺旋上升的白烟，看上去自由女神像像是举了一个巨大的冰激凌。于是，有一次他偷偷驾驶动力伞在这座城市的上空飞出了一个五角星，当然这个五角星也是由白烟构成的，几分钟以后就消散了，但很多人在那天下午看见了他们这个作品。他由此变成了天空艺术家，不停地驾驶动力伞，偷偷飞越禁飞的城区，在空中布下一些好看的图案。有一段时间他专门地去用白烟在半空中画各种花朵，画玫瑰花、画大理花、画桃花，他把他想当画家的才能充分地用在了在空中用白烟来画。

实际上城市管理部门对他在空中用转瞬即逝的白烟作画已有争论，一部分人认为城市上空完全是禁飞区，任何飞行器都不许飞越空中。可另一部分认为他所使用的动力伞没有用工业燃料作为动力，仍旧靠风力与机械力量，与风筝没有什么区别，无非是一个土风筝罢了，如果禁止他飞行，那么违反了宪法关于保障公民自由的若干条目。就在管理部门进行辩论的时间中，何晓已经飞越了城区的各个部分，在空中作了不少作品，比如画一颗心、画一只白鸽、画出一座纪念碑，他的作品一会儿就消散了，但很多城市人都仰头观看，他们为此十分惊奇。但最终，决定禁止他飞行的提案得到了大多数人的赞成，因为有人担心一旦不加以阻止，那么如果有人借机飞在空中，刺探地面情报怎么办？这是危害国家安全的，当他被通知禁飞了的时候，于磊笑了笑，“我实际上已经飞腻了，我自己也不想飞了呢。”

当然，他成了一段时间的天空艺术家还是在何晓死了之前。何晓的老婆在那些日子里生了一个孩子，结果是一个兔唇，于是就偷偷地把孩子给送到福利院门口了，但那小孩没有被福利院的人发现，不知被谁给拾走了，当他老婆得知了这个消息，赶到了福利院没有发现孩子，一下子快疯了。对于她来讲，哪怕生了个怪物，也是她的亲骨肉，她不能失去这个亲骨肉，于是她就问何晓要孩子。

何晓的股票突然之间，被《人民日报》的社论刊发后造成的下跌给套住了，损失惨重，他的心情正坏呢，他冷冷地对她说：

“咱们再生一个。”

“不，我就要那一个。”

“咱们再生一个，生个正常的。”

“我就要那一个，他比你还正常。”

“……你疯了？”

“你这个杀人犯！”老婆尖叫着过来咬他。他打不过她，他心里一直就发虚，如同他有一段时间股票上涨的曲线，后来老婆被打了几针镇静剂，她清醒了，但她要和他离婚。

“你是一个没有人性的家伙，我没法和你生活在一起了。”

何晓沉默了。因此，当生活的灰烬从平庸的地面上扬起来的时候，他迫切地想要飞到空中。由于航空飞行俱乐部在距离市区几十公里以外的地方，总是在山谷与丛林上空飞翔，他觉得有必要向城区进行一次飞行。“何况也许我还可以在空中发现我那丢失了的兔唇儿子。”他下意识地想。可航空飞行俱乐部的所有飞行器都是被管制的，因此只有偷偷地把飞行器偷出来。这事只有秦杰下命令才行。

“咱们试着飞一次。”秦杰的表情露出了军事政变首领的微笑。为此，他们买了四部通话器，以便互相联系。这是一个下午，当他们各自驾驶着超轻型螺旋桨飞机、轻型直升机、动力伞和热气球飞在半空中进行例行飞行时，秦杰用步话机命令道：“我是 007，所有的兄弟注意，向南飞行，甩开教练机。”

于是，于磊、何晓、左岩突然转变飞行航向，开始向南飞行，向那一片他们天天生活并沉醉于其中的城区飞行。

他们飞行的速度很快。当然，左岩的热气球最慢，左岩在最后头，他们一直向南而去，掠过了田野和农庄，掠过了牧场上的牛羊，掠过了成片成片的别墅开发区和生活小区，掠过了大地上发亮的水洼、人工河和游泳池，掠过了高速公路，掠过了污水处理厂和屠宰场，掠过了汽车制造厂和开关厂，他们打算飞临市区。

这完全是违反法律的越轨行为！航空俱乐部立即向有关部门进行汇报，警察出动了四架直升机进行拦截。

“报告 007，前方出现四架直升机，像是要拦截我们。”何晓报告说。

秦杰在空中来了一个鹞子翻身，他已经可以看见东三环一带鳞次栉比的大厦了，他十分兴奋，这是他热爱的积木城市，每一幢高楼如今都那么不起眼，像是火柴棒那样竖在大地上，但有几架直升机企图阻止他们飞行了。

“我看我们还是飞回去吧，我们越轨了，再飞下去就是犯罪了！”左岩在他的热气球中惊恐地说。

“我们可不可以与他们谈一谈，叫他们不要击落我们？”于磊也有一些紧张。

“冲过去，冲破阻拦！”何晓说，“007，可否冲过去？”

“你们不能再向前飞了，前面是飞行管制区，你们必须停下，并向回飞，否则后果自负。重复一遍，你们必须向回飞！”他们的步话机中传出了警察的声音。

“好吧。”秦杰沮丧地说，“我是007，你们请向回飞，飞行一号计划宣布中止。”

“太好了。”左岩说，“差一点儿我们就成罪犯了。”左岩赶紧调整方向，向回飞，而于磊的动力伞则像白纸片一样在三环外飞翔，而秦杰已开始向右迂回飞行。

但是何晓不，他驾驶直升机继续飞行，“我要到城区里去找我失踪了的儿子。我对他的丢失负有直接责任，我请求允许我在空中找他。”

“不行，我们帮你找。”警察说。

但何晓没有听，他径直向那几架直升机飞去。警察的直升机避开了他，他飞了过去，飞入了三环地区。

“他疯了。”秦杰说，“他真的疯了。”

但何晓很镇定，他飞行技术不错，可他发现油已经不多了。他已毫无办法，他在一幢反射着强烈的刺目阳光的大厦玻璃幕墙的刺激下花了眼，他闭上了眼睛，与大厦撞了过去。

从远处看，何晓的直升机残骸像一根树枝一样从那幢七十层高的楼面上伸出来。何晓死了，他这个人就是太固执，否则他会好过得多。

警察拘捕了秦杰、于磊和左岩，吊销了他们的飞行执照。“你们连风筝也不能放了。”一个警察开玩笑说，由于他们的行为只是为了飞行，而没有直接的破坏目的，他们被关了几个月的监禁。

飞行也是需要付出代价的，而没有历史的何晓死了。他就像于磊的天空中那白烟似的作品一样，飘逝在蔚蓝的天空之中了。

生活在剃刀边缘的人们，在死了一个之后，是否会回到原来出发的地方？

城堡与蜘蛛女

于磊从拘留所出来，直奔他的家。这是一套位于三环路边上的一幢塔楼中的二居室。他把自己的这套房子命名为城堡，而且他装修的时候也考虑了城堡的造型，城堡的外在表征，以及城堡的颜色，一进他的房间，就会发现这是一座幽暗的城堡，连灯光也是幽暗的，如同三个世纪以前的地下宫殿。

但于磊一进门就绊了一脚，他分明有些不认识自己的居室了，一切东西都被挪动了位子，所有的家具都已经不在原来的位置上了。

一定是那个坏女人干的！于磊想，一定是她，那个他出了两万块钱和她办了假结婚的女人干的，于磊最痛恨这一点了，因为他是一个记不住事情的人，当一切按照他的设计与构想被建造起来之后，他就要生活在这样的一个秩序中，不容其他的人有任何的改动，一切东西他都触手可及。烟、酒、电话、茶杯、书、拖鞋、镜子、毛巾、遥控器、冰箱、空调、电话、衣服、电子表、电脑笔记本、枕头、避孕套、药和雨伞，这些东西他都按照他所设计的方式把它们都摆放到了它们应该在的地方，他一伸手就可以拿到它们。

但现在他找不着他们了，他在地上发现了烟灰缸，在墙上发现了一些照片，在枕头下面发现了一把匕首！还在马桶水箱盖上发现了他的电脑，一切都转移了位置，仿佛这已经不是他的家，已是别人的一个家，是一座年久失修的古堡。于磊着急了，这当然是那个女人干的！她把这一切都改变了，于磊气坏了。“我才被关了几个月，回来后就发现这里已经变成这样了，这怎么能行？这怎么能行？”他顿足捶胸。他恨起自己来，为什么要为了眼前的利益，搞一次假结婚呢？而搞个假结婚，原本是没有错的，但为什么会找错了对象？如果当初知道这个女人如此霸道，那就好了，可他记得经朋友介绍时，她柔顺得像一只猫，一点儿也看不出来她现在的这个样子。

“我该怎么办？”于磊想，他立即给秦杰打了一个电话。

“凉拌。”秦杰说，然后他笑了起来，继而他又说：“活该！”但他说旋即又说自己也陷入了家庭琐事的矛盾之中，因为他老婆也要与他离婚了。

“为什么她要与你离婚？你们俩不是挺好的吗？保险柜的钥匙是不是她拿着？所有的钱是不是都在她手上？你会身无分文的！”于磊说。

“所以我也很烦，我想我会处理好的。最近咱们就不要见面了，咱们把各自的家事先处理好吧，午夜狂欢不狂欢了。”秦杰颓丧地挂了电话。

于磊刚放下电话，就听见有人去开门。那是钥匙在门锁中转动的声音，然后门开了，进来了两个人。一个是他的法律意义上的、而不是事实意义上的“老婆”，另一个则像是一头壮牛似的男人，他们都戴着墨镜，哼着小曲进来了。

“沈萍！你把我的房子弄成什么样子了？我什么都找不到，我什么都找不到了。他是谁？他是干什么的？”何晓指着那个戴墨镜的家伙问她。

“他是我男朋友。我和你是假结婚，我怎么就不能有我自己的男朋友？我动了你的什么？我什么也没动，只是这房子有我的一半，我当然要改造我的居住环境了。”

“非法入室！你们是非法……他是非法入室！”何晓指着那个戴墨镜的家伙说。

“什么？你说什么？”那个胸前抱着各种购物袋的家伙一把揪住了何晓的衣领，“你说什么？”他像个发怒的大猩猩一样冲着他吼叫，然后他把何晓一推，何晓就栽倒在沙发上了。

于磊坐在了沙发上，看着这两个闯入者心安理得地干着他们在这套房间想干的任何事情，他们有说有笑，倒像是一对真正的夫妻。于磊一下子弄糊涂了，他没有料到人性会这么复杂，本来说好了是两万块钱的交易，可钱给了而她却还赖上他了。他一个人坐在那里，有一种孤立无援的感觉，但这时候何晓已经死了，秦杰家里也出事了，而左岩，在前一段时间幽闭到互联网上之后，最近突然消失了，据说他去了上海和深圳。我可真的是孤立无援，他想，我怎么这么倒霉！莫非是我性格之中那一部分软弱的东西导致的？

但那两个闯入者快活地干着他们的事，于磊决定和她再谈一次，如果实在不行，再给她一点钱，从而叫她搬出去，一劳永逸地解决这个问题，但她却主动走了过来，一脸严肃地对他说：“我也要找你谈谈呢。”

“找我谈什么？”他说。

“谈划清界限。我要一直在这套房中生活，因为这套房子也有我的功劳。我们对半分。”

“什么对半分？”

“对半分享这套房的所有空间。”

“……这怎么分？你总不能在这客厅里都砌上墙，留出过道吧。”何晓问。

“不，”沈萍诡秘地说，“我全布下蜘蛛网。我是一个蜘蛛女。”

“什么？你是一个蜘蛛女？”何晓听不明白，在他的眼睛中，现在的沈萍是一个精瘦但不失漂亮的女孩，可她却说她是一个蜘蛛女，这是什么意思？

她笑了起来，她从师范大学毕业后曾分配到外地一家中学教语文，但她不喜欢那座城市，就辞去了工作，来到了这座城市。她躲在一间小屋子里写了一部长篇小说，叫作《意不乱情不迷》，表达了她对爱情的渴望与忠贞，后来于磊电视台的一个同事在一次书市上见到她为读者签名售书，就认识了她，并把她介绍给了于磊，可于磊对她没有感觉，只是决定搞一次假结婚。

“什么蜘蛛女？”于磊问她。

她的眼睛里掠过一道幽深的光，她阴阴地笑了起来。然后她从一袋炒菜用的淀粉中抓出一把，放在嘴里咀嚼。然后，她真的像一只蜘蛛那样，吐出了丝线。

她一边吐一边走动，旋转，她吐出的丝线就像蛛网一样，一圈套一圈，她吐出的蛛网像是水波一样在扩大，并且真的将客厅分成了两个部分，而于磊呆呆地看着她，在他和她之间，正在渐渐地出现着一面新的蛛网。这把于磊看得目瞪口呆，他转身去看沈萍的男朋友，他双手抱在胸前，戴着一副窄边墨镜，那种样子就像是一种南美才有的黑色长毛大蜘蛛，而沈萍一边吐着丝线，一边唱着歌，像是一只色彩斑斓的毒蜘蛛。我的房间里出现了两只大蜘蛛！而我却毫无办法！于磊想。他看着沈萍一点点地吐着丝线，那丝线在他和她之间形成了一道柔韧的墙、一面柔韧的网。

她伸出手去触碰了一下，发现那丝线非常坚韧。他愤怒了，他说："这是我的房间，你停下来！"他吼叫着，他向那蛛网冲撞而去，但奇怪的是他立即被弹了回来。他的身体都冲不破这蛛网！他有些害怕了。"你……真的是一个蜘蛛女，蜘蛛女怪。"

"不是女怪，而是一个蜘蛛人，用蜘蛛网去网住生活，保护自己的一片空间。"她幽幽地笑了笑，"好啦，今天我就干到这儿，明天我要接着干，我要分割我们之间的空间。"

她和他的男友跑到另一个房间里去了。现在，客厅里已被用蛛网隔成了两半。实际上变成了两个通道，每一条通道通向了一间卧室，于磊和她各占一间，但如果要将这屋子的所有空间都一分两半，那么阳台也要一分两半，卫生间和厨房也要一分两半，这该怎么办？

于磊心乱如麻，他听见沈萍他们在房间放着震耳欲聋的摇滚音乐。他憎恶他们，他突然想起了一个办法，那就是用火烧这蛛网，如果它是淀粉弄成的，甚至它是尼龙弄成的，那一烧它不就没有了吗？他去厨房取了打火机，开始烧那蛛网，火苗触及了蛛网，但却对这蛛网没有任何损害，他毫无办法，他仍旧坐在那里，他在想着自己是如何一天又一天地陷入了这样一个蛛网，生活的蛛网，而不是冲跃而出。使我陷入了这种状态的是一种什么样的力量？

何晓在想，生活有时候真的是一头猛兽，它就在我的体内奔窜，找到了机会它就使我变成了困兽。我该怎么办？我连这蛛网都烧不断，我还有什么用？他真的像是被蛛网捕获的一种小昆虫那样蜷缩在自己的卧室里，为把沈萍赶走而绞尽脑汁。

第二天，沈萍又用由她嘴里吐出的绵长丝线，把卫生间，厨房全部分成了两半。这样，沈萍就完全占有了这套房子的一半。

紧接着，她的男友把于磊的一部分东西搬到了于磊的那一部分空间，开始装上了另一套东西。也就是说，现在的卫生间里有两套如厕工具，比如已有了两套抽水马桶，连马桶水箱都是两个，大厨房中有两套不锈钢餐具，两个抽油烟机，阳台上有两个储物柜。看来沈萍的新男友是一个生活高手，至少他已对这套房间中数不清的各种管线了如指掌，因此一切都变成了两套，于磊一争辩，那个粗壮的家伙把他一推，他就倒在沙发上了。从体力上讲，他根本不是他的对手。

于是，于磊的空间变小了。过去的客厅都变成了过道，搁一张桌子都显得十分困难。于磊处在了一种十分为难的境地，因为他不知道自己是不是应该向公安局报案，他害怕的是他搞假结婚的事暴露出来，从实际上讲，在这座城市中生活的每一个人都是面具人，但谁也不愿意揭穿这个事实，白昼下的真实与夜晚的真实是两种概念。所以，一旦他进行了自我揭露，那么是否会让很多人露出了原形？比如和谐的家庭突然传出了妻子和丈夫都是不忠诚的，比如一个廉洁奉公的干部实际上是一个营私舞弊者，比如一个拐卖人口的罪犯实际上又是一个见义勇为者，总之一切都是有可能发生的。于磊坐在屋子里，大脑激烈地进行着思想斗争，后来他终于下定决心去公安局了。他出门时对沈萍说："我要去报案了！"虽然他刚从那里出来,但他对人民专政机关的信任却是有增无减,他下定了决心倚靠他们了。

"我的房间里突然闯进了两个人。"他说。

"是抢劫犯？"两个记录的警员猛地抬头看他。

"……不是，是闯入者。"

"闯入者？闯入者是什么概念？你认识他们？"

"……其中一个我认识，而另一个，我不认识。"

"他们都在你的房间里干了什么？偷、抢东西了？你受到了什么样的伤害？"

"……我的空间，被他们侵占了。我的城堡……"

"什么'城堡'？"警员又抬起头看他。

"我把我的房间命名为'城堡'，但有两个人闯了进来，具体说他们又有我的房门的钥匙。再具体说其中一个我认识的是我过去的女朋友，另一个是她新男朋友。"

"他们都干什么了？"

"他们把我的房间弄得乱七八糟，主要是我过去的女朋友突然变成了一个蜘蛛女，她会吐一种发亮的丝线，把我的房间，全部用一种蛛网隔成了两半。"

“一种蛛网？”警员的眼睛亮了。

“对，一种蛛网，而且这丝线还是从她，从我女朋友的嘴里吐出来的。她就像是一只大蜘蛛，吐织成了蜘蛛网，把我的房间一分为二，就是这样，比如我的房间里，现在有两套抽水马桶，两套不锈钢餐具，两个客厅过道，两个……”

“你是说你女朋友会用嘴吐丝线，并织成蜘蛛网？”警员皱着眉头。

“的确是这样，”于磊十分肯定地说，“我吓坏了。但实际上，她不是我女朋友。”

“那她是你什么人？”警员有点儿疑惑。

“她……是我法律意义上的妻子。我……为了从单位分到房子，搞了一个假结婚，给了这个叫沈萍的女孩两万块钱，但与她假结婚之后，她又不与我离婚了，借着这个关系拼命敲诈我，先是一没钱就来找我要，后来，发展到了领新男友进驻，把我的房间都给一分为二……”于磊觉得十分委屈，他哭了起来。

“别哭，你别哭嘛。我明白了，的确，这座城市太拥挤，要分上一套房子都实属不易。我听明白了，问题是，真的像你所说，她是一个会用嘴吐丝线织网的女人？”那个警员很感兴趣地说。

“是的，我也吓了一跳，而且那蛛网特别结实，就像一种坚韧的渔网一样，我试着用身体去冲撞它、用火烧它，都不顶用。我感到我就像是被这蛛网捕获的一种昆虫。我完了。”于磊颓丧地说。

“我们都是被生活的蛛网捕获的昆虫。”这个警员站起来，合上报案记录说，“我们立即到你的住处看一看，这应该算是非法入侵，至少我们可以拘捕你女朋友，不，你法律意义上的老婆的新男朋友。”

于磊高兴了。他后来带领几个警察来到了他的住处，坐在警车里他感到很不一样，过去他怕警车，但现在他是坐在警车中去抓别人，去抓他恨的闯入者，他高兴极了。他带着警员摸了上去，他发现自己是走在最前头。他打开了自己的房门，可这时他又发现自己的屋子里一切照旧，没有任何变化，没有闯入者，没有蜘蛛女，没有蛛网，没有一点变化。仍是他的房间，他呆住了。

“你再谎报军情我们要把你拘起来！”那个警员生气了，“你大脑是不是有毛病啊？我看你必须到精神病院去检查一下。”警察们很生气地走了。

于磊傻了，他一个人在屋子里走来走去，他发现一切照旧，所有的东西都在他原来的地方。他想取什么，他就可以随手取到。这里是他最安全的居所，根本就没有蜘蛛女和蜘蛛网，以及蜘蛛女的粗壮男朋友的任何痕迹，难道这只是一个噩梦吗？于磊想不明白，他猛地想来自己去找警察时喊了一句“我去找警察了！”于是沈萍和她的男友就逃走了？但这无论如何是曾经发生过的，于磊坐在他的空荡荡的屋子里，他想也许这又是一个幻觉？可这种幻觉也太漫长、太可怕了。他走到卧室，看见了唯一一张他和沈萍的合影，在相框中，他们俩都虚情假意地笑着。现在，这种笑已使他恶心透顶，他拿着那个相框看了半天，然后他把它砸了个稀烂。

缓慢

“是否因为生活节奏太快，而使我们一天比一天感到了焦虑，感到了异化？”秦杰想，秦杰是一个行动主义者，这使他天天生活在剃刀的锋刃上，同时他又是一个思想者，当何晓死后，左岩又出去到南方漫游了，于磊闭门思过，他也开始思考问题了。首先他戒掉了大麻，过去他抽这东西有点儿上瘾，但他是一个意志十分坚定的人，说戒他就戒掉了。然后他再也不去歌舞厅了。过去，只要有一两天不去歌舞厅，他就浑身难受，只有坐在歌厅里，和一个他喜欢的坐台小姐矫揉造作地唱上一曲，他觉得生活才是美好的。

“虚无啊。”这是他现在常说的一句话。究竟是一种什么样的速度，使他进入到了这样一种虚无的状态中的呢？他在思考，他认为是一种快速的生活。这种生活中的加速度，使他生活在惊涛骇浪之中。

或者他是被这样一种速度所催逼，从而进入了一条快速运行的轨道，如同上了一辆战车。他舞动着长矛，下不来了，从而冲入了生活之中最纷乱、最具诱惑和危险性的一部分区域，从而使他沉湎于感官的快乐之中。

从某种程度上讲，使器官变得舒服是这个时代的风尚之一，人们每天的忙碌，就是为了使器官、使人的每一个器官感到舒服。眼睛像一个窥视孔一样，要看到所有它想看到的东西，而耳朵，这风中最灵敏的东西，当然是为了听到信息。肠胃则是一个系列的通道，必须有食物填满它们。此外还有心，要为一些事更激烈地跳动，肝火却要下降，而生殖器一定要达到充血和满溢状态，经喷射然后再归复于一片平静，皮肤要被按摩，它下面密布的细小神经网络会放出舒适的电波，让你感到格外的舒服。

可大脑呢？在满足了一切器官的狂迷之后，大脑在进入一种蠕虫状态，并缓缓地进入着死寂。为了摆脱这种死寂，秦杰又在抗争，生活在他自己营造的反叛和隐秘的激情生活之中。因而，这种生活的速度太快了。

需要缓慢！需要缓慢的力量来制衡这个已被捆绑在战车上的社会，甚至整个人类，而今天，的确已有一种更为疯狂的力量在使人类走向难以预测的未来。

比如上帝实际上早已死去，人已经可以用克隆技术造出人来了，也许人已经造出了人，只是还没有向世界宣布罢了，那个被造出的克隆人像白鼠一样被关在一个笼子里，肤色苍白，等待着阳光与食物。

而那像他的另一个，则在观察他的生长。

还有更为危险的国家和一些狂热的人，在加紧制造核武器，掌握核技术，从而达到要挟一个国家，甚至整个人类的目的。

这个世界在一种加速度中，已变得疯狂了。秦杰想，他还想到了左岩，如何迷上了网络，从而产生了想在网络中消失的念头，而几天前有一个美国的邪教就是在电脑网络上联络，并宣告了几十个人集体自杀的消息。

秦杰感到生活中的一种速度使他加倍在走向一种不可知的状态。他感到了害怕。

在这时候，他读到了米兰•昆德拉一段话："为什么缓慢的乐趣消失了呢？从前那些闲逛的人们到哪里去了？那些民族小曲中所歌咏的漂泊的英雄，那些游荡在磨坊和风车之间，酣睡在星空之下的流浪者，他们到哪里去了？他们随着乡间小路、随着草原和林中空地，随着大自然消失了吗？"

从根本上讲，秦杰认为自己应该是一个古典的人，古典的人意味着要有古典的情怀。秦杰发现自己没有了。

当他合上了《缓慢》的时候，他的老婆与他吵了起来。

事情是这样的，在三个月以前，他勾引了一个女孩。那是一个某国驻中国大使馆雇用的中文秘书，她当然非常漂亮，她租住在一幢塔楼的中间部位，那一段时间秦杰开着一辆全新的奔驰汽车，穿行在这座城市之中，一切都发生在于磊的两居室房间里，在一场贴面舞会之后，他把她给成功的“解决”了。他当然打着未婚男人的招牌。

在今天，一个未婚的男人，开着一辆全新的奔驰，人又英俊潇洒，风度翩翩，从表面上看去温柔至极，有礼有节，当然是十分迷人的，在物质的炫人的光彩硬度打击和秦杰的性格魅力的感性围攻之下，这个叫杨梅的女孩被俘虏了。

她想嫁给他，他秘密地在她那里和她同居了几个月。其间她坠了一次胎。在她坠完胎之后，他才告诉她他是一个有妇之夫。她茫然了，因为她分明已经听到了爱情的小天使落在了她身上的声音，她以为自己这一次十拿九稳，但她错了。

他给了她四千块钱，叫她多买一些补品之后，他就与她断了联系，他关闭了手机，她呼他他也不回，他打算从她的生活中消失了。

但实际上，当一个人在另一个人的生活中布下一片影子之后，这片影子很难消除。她渐渐由伤心、绝望而达到了仇恨，她确信自己被玩弄了。

但这种被玩弄感、与她自己被他那炫目的物质与性格魅力的光彩所征服有没有关系呢？她不想这个问题，她要把账算到他头上。

她花了那四千块钱，并没有去买补品（她身体恢复得很好，药物流产甚至使她没有产生痛感，就流出了那个一片红色血污中的白色小胞衣），而是雇了三个年轻力壮的民工。她在他的汉显呼机上约了他出来，谎称她要离开中国了，只是为了再见他一面。

他想了想，动了心。实际上他还犹豫了一下，约会地点是在一家专营上海菜的餐厅包间里，她和他在那里见面了，她还点了几个菜，其中有宁波泥螺。

然后突然间进来几个人，她关掉了灯，说："把他打得不能动为止！"然后，秦杰发现自己掉入了陷阱，他被饱饱地揍了一顿。

如同暴风骤雨过后，十几分钟后，他醒过来，发现自己已经不能动了。他用手机与老婆联系上了。她开车来接他，"我们去报案！"她说。

"不，"他坚定地说，"不去，是过去的生意上的敌人派人打我的，我知道是谁。"

第二天他去医院接受了全面的检查，发现自己的内脏有些地方出血了。

这完全是报应，他想，但这个女人也太狠了，他以为能瞒住老婆，但他老婆恰好在他的一个皮包里发现了一本日记和他与那个女孩的合影，这些都是那个女孩放进去的。

"你再也别来见我了！我要和你离婚！"即使秦杰躺在了病床上，他老婆还是愤怒至极地和他吵了一架，把一张离婚协议书扔给了他，她伤透了心。

"虚无啊。"在晚上，他躺在病床上一个人自言自语，"可如何才能缓慢下来呢？当人们发明了电话、电脑、磁悬浮列车、汽车、飞机、卫星、高速公路、地铁和电视，我们的生活速度如何才能慢下来呢？"他想，有一天他甚至抓住了一个护士的手，冲动地对她说："如何才能缓慢下来？"

“什么缓慢下来？”那个护士听不懂他在说什么，“你动都没动，说什么疯话？”

“速度，”他颓丧地说，“生活的速度，我要使生活的速度慢下来。”

“为什么？快节奏的生活多好啊。”护士说，“我还嫌我的生活太慢了呢。”

他不说话了，他明白她听不懂他在谈些什么。这一刻他觉得自己孤立无援，众叛亲离，没有一个朋友，或者他们都不了解他的状态，他知道老婆去意已定，她已不能忍受他了。他在离婚协议上签了字。然后，他哭了。

秦杰打算让自己缓慢下来的想法是坚定的，可速度，这个世界本身所具有的速度能够慢下来吗？米兰•昆德拉说：“跑步者始终待在自己的身体中，必须不断地想到自己的脚步和喘息；他跑步时感觉到自己的体重与年轻，比任何时候都深切地意识到自我和生命的时间。当人被机器赋予了速度的快感之后，一切便改变了，自此之后，他的身体处在游戏之外，他投身于一种无关肉体的、非物质的速度之中，纯粹的速度、速度本身，以及令人兴奋的对速度的感受中。”秦杰决定找到一种新的速度，他要去发现生活中那清新的一面，让自己的生命改变一个节奏，寻找到除了使自己的感官抚慰之外的另一种快乐，如同米兰•昆德拉《缓慢》的结尾中说，“没有来日，没有听众，拜托，朋友，高兴点儿，我有一种模糊的感觉，就是你寻得快乐的能力是我们唯一的希望，马车消失在雾中，我发动了车子。”

秦杰躺在病床上，他也想发动另一辆车子，一种不同于他现在的速率的车子，一阵内脏的疼痛使他又沉入了睡眠。

他在梦中飞翔在这座城市的上空，像是掠过这座城市上空的气球，他在飞动中回到了自己过去的生活，他一点一点地，由一个单纯的人变成了现在的这个样子。可否重回原点，从胚胎再生长起来？那些他认识的很多男人和女人的碎片似的脸在他的面前浮动，他已经学会了从他们中间脱颖而出，没有一只鸟飞越天空，与他相撞，他飞在黑暗的城市上空，这时候是在夜晚，在大地上，城市之中浮动着灯光的车流，那是在城市之中浮起的一片广大的海域。多年以来，他就在这城市街道的血管中和楼厦组成的骨骼肌肉中生长，他如今想变得缓慢。这可能吗？

他在医院住了有一个月的时间，这期间，他妻子与他办完了离婚的手续。然后，她就走了，生活中的变化总是使他更加坚定，他一点儿犹豫都没有，当一个女人决定离开他，他从来都是非常干脆地让她走开。因为人，从某种程度上讲，永远都是孤独的个体，没有另外一个生命，可以真正帮你承担生命的压力，比如老婆，她会明白我想在生活的速度中变得缓慢下来吗？而他的加速度，也是她的一部分原因导致的结果。

当然，在这场为期不长的婚姻当中，他肯定伤害过她。婚姻分三个层次，从法律上看，有一个婚姻的法定层次，即法律约定，从自然属性上讲，性也有一个约束与合法关系。而从美学层次上讲，情感的诉求也是婚姻中的重要内容。她是一个安静的女人，但她发起火来，也像豹子一样天翻地覆。是的，他会挣很多钱，他一年的收入不低于五十万元，可以满足他们较为奢侈的日常花销，但是有了这种生活，他想的恰恰是逃离，是反叛，当他刚刚迈入了中国早熟的中产阶级，还没等这个阶层形成固定的道德标准与观念时，他就已经打定主意要反叛出来了。

但他又不想垮下去，像垮掉的一代那样做一个杀父者，他只是想逃出去，逃离一种生活，但现在，缓慢的想法已经笼罩了他的大脑。

他想起来他不久前认识的一个经贸学院的女孩子胡铃铃，他像唐璜一样差点儿甩了人家，但现在，他又想起她了。

胡铃铃在认识他的时候还单纯得像是一滴水，但被他“做”了之后，她开始变得对一切都不在乎起来，看到又一个女人表面的美丽、坚贞像一张脆弱的纸一样在他眼前撕裂，他就有一种无形的快感，这使他可以轻蔑女人，他轻蔑人的一部分美好的东西的一个破坏者！但如果让一切变得缓慢，那么，对美的期待又上升了。他呼了胡铃铃，胡铃铃来医院看他，她已是大学四年级的女生了，只是她打扮得比过去要漂亮，那种单纯还有一些。他叹了口气，“我们一起做一点事吧。我离婚了，我要和你一起办起某一所希望小学，让失学的孩子能够重新上学，你愿意不愿意？我还有一百多万我不知道这够不够，但我要把这些钱散出去，我求你帮我。”

“好啊，”她欢呼雀跃，“我过去一直认为你是个坏人，但现在，我可能要改变想法了。”

他叹了口气，“我要缓慢。我要让速度慢下来。”他接过了胡铃铃拿给他的一束花。那是一束火红的玫瑰，他闻了闻，“缓慢。”

“什么缓慢？”她问他。“我听不懂。”

电脑乐园

左岩回到家后，他对飞行感到厌倦极了，“我再也不飞行了。我讨厌热气球。”通过飞行，他发现自己是一个胆小的家伙，他总是比不上于磊、秦杰与何晓胆子大。他发现自己与他们的状态不一样，至少，他们都是已婚男人，都有和女人生活在一起的经验。而我和谁在一起生活呢？

他看着眼前的电脑，感到了信心，我完全可以和电脑生活在一起，过上幽闭的网上生活！从此他开始钻研起电脑，琢磨各种软件，他越钻越深，玩通了各种程序，而且后来还会自己设计软件了。他接通了互联网络，每天都沉湎于其中从上面调下来大量的资料。他甚至还调下来几张好莱坞三级片明星的裸女图片，他在网上与不知名的家伙交谈，他无所不谈，他在房间里一个人不出声，但他已与对方交谈了很多内容。而且，他还设计出了他和电视台一个著名女播音员同台播出的软件，那个漂亮的女播音员当然是正襟危坐，而他则裸着上身，带着一种滑稽的表情，讲述着自己的童年与成长。有一回，他还当了一回电脑黑客，把另外一个人的资料解密后全部弄了出来。那当然是一个女孩子，她的私人资料如此之丰，原来她用扫描仪把她十几年的日记都扫到电脑里了。他就那么偷走了人家的日记。日记是一个人的心灵资料，他窃取了一个女孩的心灵资料，于是他就不停地读了下去。渐渐地她发现他爱上了这个女孩，但他又不能让她知道他窃出了她的资料，当他把日记资料重新输入她的资料库时，发现她已重新加密，换了密码，并至少加了三层障碍密码，他又输不回去了。

他开始进行叩门，并与她进行了交谈："对不起，我不请而入了你的个人资料库，我原打算取出一所大学的资料，没料到却……"

"……你是一个无耻的电脑黑客！一个罪犯！"

"……不"，左岩迟疑了一下，"我真的完全没有想到我会进入你的资料库，我要把资料奉还给你了。你还要不要？"

"你都全看了？"

“……我看了一部分。”他说，“我……”

“罪犯！偷看日记的人，我要把你送上法庭。”

“且慢！”左岩有点儿急了，“我……我……我已经爱上你了，我看了一部分……”

“罪犯！偷看日记的人，我怎么可能原谅你？”

“日记是一个人心灵的记录，是一个人真正的内心表露。我了解了你的成长，我就爱上了你。在此之前，我非常的孤单，可我现在发现，我找到了知音，因为你就是我理想中的恋人，你温柔、细腻、大方、热爱生活，对一切都抱有热情，怕受伤害刚好和我相反，我急躁、粗率、胆小、焦虑，我很需要你做我的女朋友。”

“我怎么可能认敌为友呢？你是一个什么人我还不知道呢，你别再花言巧语了，总之你是一个罪犯，我不会原谅和轻饶你。”

左岩继续与她交谈，“……我们会成为好朋友的，我会为此而不懈努力的，我从来没有过这样的震动，被一个女孩的成长所打动，要不，请你看看我为自己设计的资料库吧。”

“资讯交换？也许你送进来的是信息垃圾呢？这可说不准。”

“不会的，你看看就知道了。这叫以心换心，我也是一个非常真诚的人。”

那边迟疑了一下，“好吧，你把电子邮件发回来吧。”

左岩于是把他的邮件发了过去，同时也把她的那些资料发过给她。她接收到了。这是左岩将自己的全部资料输入进去的一份资讯文件，里面甚至还有自己正面和侧面的全身、半身照片，身体各个器官的指标。第二天，她在电脑网络上与他交谈了起来：

“我全看完了。我觉得你这个人没有什么魅力。你仍是一个罪犯，你为什么要偷看我的日记？”

“我只是因为好奇。没有别的，我看了你的日记，因为它好看，因为我爱看，因为这是你的心灵。而我，找不到我的心了。”

“一个空心人？”

“对，也许我该算作是一个空心人。不过，我想变成一个实心人，我要在心里装上一个人，这个人就是你。”

“甜言蜜语！我才不相信你呢，我不想理你了。”

“千万别这样！”左岩急了，他向她道了歉，并继续在网络上与她交谈。他有点儿激动，因此他讲了很多，他甚至从小时候讲起，讲了他痛苦而又贫穷的童年，无羁的少年时代以及孤独的青春期，和迷惘而又焦虑的现在。“没有爱情的生活猪狗不如，真的是猪狗不如。”他感叹道，他发现她笑了起来，在屏幕上出现了哈哈几个大字，“你笑了。”

“……我没笑。”

“你笑了。我们应该算是朋友了吧？”

“……不算，我忘不了你是一个电脑黑客，如同我忘不了我的初夜。”

“我真的不在乎你是不是处女，我爱上你了，这一切对我来说就都已经不重要了！”

“真的？”

“真的。”

“那我们能不能见见面？我很想见到你，小姐，我想我爱上了你，我就要见到你，具体地感受你的目光，你的声音，你的气味。”

“我可是一个丑姑娘哟！”

“这我不怕。”

“真不怕？”

“我更爱你的心灵。它使我忘记了其他的所有缺失。”左岩这么说的时候其实心里有点儿发虚，他在想，如果我真的见到她，发现她是一个丑八怪那我还不得尖叫一声逃走了事？他暗暗地打定了主意，如果她的确长得很糟糕，那么他还是逃走为好，不管她的心灵再美，一个姑娘没有好的外貌，这也是不行的呀！

“但我还是不见你，你这个偷看日记的罪犯！”她在屏幕上说。

他约见了她，这是在这座城市东区的一片酒吧密布的地区，有一家专门有电脑的酒吧。他进去，发现这座小酒吧一共有七八台电脑，有几个年轻人正在电脑边操作。他要了一杯咖啡，打开了一台电脑，开了机。忽然，他就收到了一份电子邮件，他一看，吓了一跳：

在你的屁股底下有一枚炸弹，你这个可耻的电脑黑客，我要炸死你！

黄莉莉

他把头探到椅子下面，真的发现那里有一个邮包，他的头上立即沁出了几滴汗水，他吓坏了。他想莫非这真的是一个圈套？在网络时代里，一个人的个人行为将更为疯狂，她真的要炸死我？仅仅因为我看了她的日记？他有点儿慌了神儿。他把那件邮包从椅子底下取了出来，大脑之中不断地掠过了邮包爆炸的一瞬间的可怕情景，他叫了一声狂奔了出去，当他来到大街上时，一时间怔住了，他发现大街上车水马龙，人声鼎沸，一片纷乱繁忙的景象，但是我把这个炸弹扔到哪里呢？他有一些焦急，他想找到一个垃圾筒，但他一时还没找到附近有垃圾筒，他想到手里握着的这个方形铁盒子就要爆炸了，就要发出轰的一声巨响，然后他会像一片破布一样在一阵飓风般的吸力下腾入半空，他会在半空中飞呀，飞呀，像一只破碎的乌鸦一样再也落不下来了。他这一着急使他的大脑之中充满了幻觉，他手中仍旧握着那个盒子，他茫然地站在那里，他不知道它在哪一秒会爆炸。然后，他看见了一个女孩，笑吟吟地站在街对面，在望着他。

他好像一下子松弛了下来，那个女孩子亭亭玉立，就像一株小柳树那样青翠怡人。他有点儿不知所措，于是他忽然想到这也许并不是一颗炸弹，它也许还是一份礼物呢？他打开了那不祥的黑色包装纸，打开了里面的黑色的包装盒，他又打开了一层黑色防潮纸，展现在他眼前的是一盒美丽的贝壳型的巧克力！象征爱情与信任的巧克力！

这些巧克力千姿百态，像一颗沉睡的贝壳，躺在盒子里。它们当然不是炸弹，或者说它们是爱情的炸弹，它们在这一瞬间要把他炸得粉身碎骨，重新再塑出一个他来。他想了一下，从那盒子中取出了一枚，放在嘴里吃了起来。巧克力很甜，他觉得它很好吃，他一边吃一边看着她，他们一起笑了。

之后那个女孩子一跳一跳地大步从街那边跑了过来。她像一阵十分清爽的风一样扑向了他，她的出现使四周的嘈杂与喧嚣都沉了下去，世界静得像是一幅画，她就是突然从画中跑出来的人，只是她是以一种慢动作，向他跑来。

"……它们炸不死我……"左岩看着她喃喃地说，他望着与他相距一米远的她，有些恍惚，因为他突然有一种相遇的感觉，男人和女人擦出电火花的那种电光石火的一瞬间。

"你就是那个电脑黑客左岩？你像个大学生，怎么那么狡猾？"

"……它们炸不死我……"

"咱们找个地方聊聊吧。"她说，她有点儿瘦，清秀得像一阵风，她当然不丑，但她倒也不是一个性感的时髦女人。

"好吧。我们再找一家酒吧，你也来一颗吗？"左岩有点儿傻乎乎地把巧克力递给了她，她也拿了一枚，放进了嘴里。

他们在另一家酒吧里坐下，和她在一起他觉得有点儿紧张，他想这是因为他已经爱上了她的原因，他发觉自己的生活就要发生变化了。

"我没想到，我没想到我会认识你，我很高兴。"

"你这个罪犯，"她看着他，仍旧半开玩笑似地并不客气地看着他，"我觉得我要抓住你。你怎么会进入我的电脑的？你很聪明。"

"当然"，左岩高兴地说，"不过，认识你之后，我的生活就要真正地改变了。"

"为什么要改变？你过去是处在一种什么样的生活状态？"

"过去？"左岩的神色暗了一些，"过去，过去，或者说就在昨天以前，我都算是午夜狂欢的人。”

“什么午夜狂欢的人？”

“就是晚上与白天不一样的人。我们有好几个伙伴，他们都是午夜狂欢的人。”

“白天与晚上不一样？人格分裂者吗？”她饶有兴趣地问。

“不一定，确切地说，午夜狂欢的人是一群都市中的老鼠，或者说是都市河流之上飘浮着的一截截木头。”

“那你们都干了些什么？”

“什么都干。有一天，具体地说是秦杰、何晓、于磊他们，忽然觉得已经有了房子，有了车子，有了老婆，还有一个大电视，生活正在按照惯常的样子在向前走。有一种看不见的绳索企图无声地绑住我们，我们就有了一种想抛开惯常力量的牵引，成了午夜狂欢的人。”

“午夜狂欢——你们都干了些什么？”她温柔地说。

“……我说了，你不会对我另眼相看吧？我是见到了你，才有了一种倾诉欲的。”左岩有些担心地说。

“不会的，说吧。”她用清亮的眼睛鼓励他。

“我们什么都干了。好像有一种离心力，或者是我们自己寻找到的一种离心力，一下子把我们甩出了日常的生活轨道。我们一开始沉湎于满足感官与器官的活动，沉湎于吃喝玩乐，周旋于舞厅、迪厅、桑拿按摩、台球网球桌球高尔夫球场，还有跳黑灯舞、赌博。后来这一切都玩腻了，我们又玩其他游戏，玩一种叫作‘你死还是我死’的游戏。”

“这是一种什么样的游戏？”

“躺在火车车轨中间看火车过去。”

“这是找死嘛。你们几个人谁也没死？”

“对呀，谁也没死。于是后来我们又喜欢上了飞行。”

“飞行？”

“对，飞行，在郊区有一所飞行培训学校，可以教开轻型飞机、直升机、动力伞、山坡伞和热气球，我们几个人都去学飞行了，并且都取得了飞行资格。”

“飞行资格证书？”

“对，像汽车驾照一样，飞行也有资格证收，可后来我们又被取消了飞行资格证书。”

“为什么？”

“因为我们企图打破航空管制，飞到城市市区上空去。结果我们这么干了，何晓驾驶的直升机撞到一幢摩天大厦里面去了。他死了，我们三个人，秦杰、于磊和我，被关了几个月的监禁，取消了飞行资格。然后，然后我感到很烦，于是我就开始迷上了电脑，我变得更加幽闭，后来……我就这样认识了你。”左岩哭了，他发现这一刻他已变成了一个有历史的人，在此之前他一直以为自己没有什么历史，但他刚才讲述的就是自己的历史。他真的哭了，这使她显得更加温柔。

“我愿意做倾听你的人。我愿意做这样的人，听你讲下去。”她用清亮的目光注视着他，“你太需要爱了，你没有得到过真正的爱。你在都市的丛林里渐渐地得上了一种病，这使你焦虑、狂乱、忧郁、孤独。我希望我可以使你重归安宁。”

“……你可以吗？”他吃惊地问。

“我有这个信心。”他说，她看上去好像十分坚定，“我理解你。”

返源之旅

当秦杰觉得生活的速度需要缓慢，自己也需要从过去的生活中返归的时候，他感到了体内有了某种变化。

当身体在一种速度中向前狂奔，身体当然也会发生微妙的变化，比如肉体的弹性将逐渐丧失，身体在板结、在变或像硬塑料一类的东西，或者说他自己是一个橡皮人。不久以前，他与别人打了两次架，一次是在一家三星级酒店办的歌厅中，因为他怀疑收费不公（吃了一些鲍鱼和甲鱼，当然还吃了中华鲟鱼！），收费一万多元，于是他和该餐厅经理打了一架，这当然是两败俱伤的事。还有一次是在三环高速路上，有一辆黑色丰田没有打灯就超到他前面去了，差一点儿和他的车相撞，他气坏了，又超到了那辆汽车的前面，在汽车里示意那个家伙停下来。然后，他们在路边上打了一架。

这两次架打得都很凶，他挨了不少拳头，但是叫他感到奇怪的是，那拳头落在他身上。他获得了一种仿佛击打在了橡皮和木头上的感觉，奇怪的是他竟然一点儿也不疼，他停下了手，瞪着眼睛对对方说："你再打我几下，快！"他那种诧异和期待的表情叫对手吓了一跳。后来他去了医院，叫医生检查了一下，大夫用针扎了几下，他仍然感觉不到疼痛。"神经麻木，你得了神经麻木症。"那个看上去十分年轻的大夫茫然地说，"可现在我没有听说还有神经麻木病的。你完全没有痛感啊。"

秦杰走出了医院，站在白花花的阳光之下，他想哭。当然从午夜狂欢中回到白昼里，身处于安宁而又躁乱的白昼下的人群中时，他觉得一切都需要慢下来了。他不想再酗酒、超速行驶、跳贴面舞、勾引女孩、搞异性按摩、吸食大麻、殴打乞丐、飞行、玩贴近死亡的游戏。"要慢下来，可我可以慢下来吗？"老婆已经离开了他，他孤身一人，他又从医院出来。当他找到了胡铃铃时，他觉得自己可以慢下来了。

一个人，到了一定的时候总是想返璞归真。比如他，现在，他见到只被他一个人伤害和污染过的女孩胡铃铃，他又有了一种轻松感"我要把我所有的钱用在别人身上。"他说，"我要捐助失学的孩子们。"

"好啊！"胡铃铃欢快地说，她的眼睛里闪耀着一种光芒。可实际上，当秦杰打算进行返源之旅的时候，胡铃铃的方向和他相反，却打算迎接整个成人的世界了。从内心深处讲，她仍然恨着秦杰，当一个处女的忠贞被放浪所污染的时候，少女的仇恨将使她自己铭记一生。现在，秦杰从午夜的通道中走出来，走到了白昼之下，她也看清了他。

秦杰有一天做了一个梦，他梦见了一群天使，一群洁白的小天使在围着他飞翔，天使那洁白的光辉照耀着他。醒来后他又哭了。从婚姻中走出来，他感到了一种尖锐的疼痛。现在，他希望他能从生活中重新发现光亮和神性。

他对胡铃铃说："我缺乏神的关怀，我需要神，需要天使。"

胡铃铃说，“可以呀，我们可以干任何我们想干的事啊。”

于是，秦杰开始了另一种生活。他捐助失学少年，见到乞丐就给钱。他只想做一个内心平静、缓慢的人。当他听说左岩已经有了一个他真心爱着的女孩时，他感到了一丝茫然。他只是想慢下来，更多地沉淀于内心，或者去教学听牧师言说，他甚至想修行，他不想开车了，他想重新回到人群中去，他尽量平和地出现在人群当中，他出现在广场上的人群中，看这些从全国各地奔来的人在广场上漫步，他也在广场上走一走，体验那种在大地中心漫步的感觉，他乘坐地铁、公共汽车，出入商场，尽量地与更多的人在一起，尤其是在公共汽车上，人挤得如同汛期的鱼，大家肩靠肩背靠背，秦杰突然地有了一种强烈的安全感，他挤在人群之中流下了幸福的眼泪。

这使胡铃铃大惑不解，她弄不明白秦杰为什么要变成另一种人，另一个人，非要从午夜中走出来，汇入到白昼中的庸常的人群之中，她需要更有激情而开阔的生活，而这些，秦杰却恰恰不能给她了。而且，秦杰已开始从内心之中发现与呼唤宗教感。她觉得他得了一种病。而且，他似乎对她的身体也没有什么兴趣了，他对她再没有了过去那种暴风骤雨似的激情了。这就是他所要的缓慢吗？她大惑不解。

“你到底要做什么？你到底怎么啦？”有一天她和他大吵大闹起来，因为他，居然用大铁锤，开始敲砸自己买的那辆二手宝马车。

“我讨厌速度，我要砸掉它。你滚开。”他冷冷地对她说。

“滚就滚，你可别后悔。”胡铃铃冷冷地说。她走了。秦杰愣了一下，他后来又举起了大铁锤，一下一下地砸着那辆白色宝马。宝马在他的铁锤奋击之下，慢慢地干瘪下去了。一些人在停车场外看他，觉得这家伙很有意思。秦杰砸掉了宝马，他终于松了口气，发现自己这下子可以真的缓慢下来了，因为速度就是建立在车轮上的，现在他真的完全可缓慢上来了。他把那辆宝马车全都砸掉了。他笑了起来，笑得很开心。

但当他回到了宾馆，发现胡铃铃给他留了一张纸条：

“你已经疯了，我不能和一个疯子在一起，我走了，我要去上海，我要去南方……”

秦杰的头一下子就大了，他没有想到胡铃铃也会离开他，这可真是众叛亲离的时刻，妻子与她离婚，带走了整个小型的保险柜，胡铃铃带走了他剩下的另外一部分钱，“难道我真的疯了？我只是想缓慢下来，世界建立在四个轮子之上，世界才疯了呢，”他镇定了下来，他坐在房间里，看着墙上有一个斑点。那是什么？一滴墨水的痕迹吗？是谁会把它甩到墙上去？或者是一只甲虫？可我过去从来没有见过这样的一只甲虫，那么它是什么？它是一颗心吗？秦杰看着墙上的斑点，斑点变成了一颗鲜红的心，然后一支利箭从远处飞来，一下子就刺中了这颗心，他把这颗心看作是胡铃铃的心，他想起来他第一次见到她时她还清纯似水，他勾引了她，他又想甩掉她，像过去对待每一个姑娘那样，但有一次她怀孕了，她要求他陪她一块去做手术，他想了想，还是一块儿去了。在医院里，那种病态和消毒水气息叫他难受极了，他问她是做药流还是做吸宫术，她想了想，果断地说，做吸宫术，这样会快一些。可药物流产不疼，他说，而且要安全一些，万一吸宫术没做好，大出血了怎么办？大出血，大出血就死了呗，她向他做了一个鬼脸，这样你就会更加轻松了。

这怎么可能？他说，他坐在外面。她在里面化验、检查，然后排队做手术。后来他拿着一个小瓶子出来了。“它在里面，你要看看吗？”她问他。那是一个透明的玻璃瓶，但这使他感恶心，他摇了摇头，他想吐。但他没有吐出来，这是他干的，他必须得为此承担一部分责任。他后来给了她几千块钱，叫她买些东西补补身子，他决定不再提她，他认为该是甩掉她的时候了。

他成功地甩掉了她。但是在前一段时间，他总是莫名其妙地听见有一种锐利的金属物深入了他体内，在把他的内脏向外吸，使他的内部一阵阵地疼痛，他想起了胡铃铃躺在病床上的样子，那种冰冷的器械伸入了她的两腿之间，然后医生搅动手中的一个转轮，把她的子宫胚胎着床的内膜一点点地向外吸，她一定和他一样疼，他现在小腹就是这种疼感，这叫他难受。因此，他才又与她联系上了，可这时候她已开始变化了，他就像是一台变压器，把她改变以后，她就开始沿着另一条轨迹自动而去了，她离开了他，而他的小腹现在仍旧经常抽搐。

她要到南方去？她为什么要离开我，离开这座城市？难道她想更快一些？她一点儿也不懂缓慢的道理，他想，我一定要找到她，我非要找到她不可。他有一些茫然，看不见她，他总觉得有一点儿不踏实。当一个人学会了去爱的时候，爱已变得太复杂了。

他决定去找她，他搜寻了她在南方的同学、朋友的电话号码，他启程去寻找她了。

他来了上海，上海是这几年中国变化最大和最快的城市，一种疯狂的生长着的力量正在使这座城市越长越高。他造访了这座城市的各处，找了各种各样的人，他们都告诉不了她的去处，但他们都告诉他，他们不久以前见到过她。她就像是一只水鸟那样起飞了。他在浦东，看着已建至接近八十层的环球金融大厦，看着这个直入云霄的家伙，心里想这个世界的速度可真的是太快了，一不留神儿，中国最高的大厦在这里就要矗立起来了，这完全是钢筋水泥的丛林，但是她，我的胡铃铃，她会跑到这些高楼大厦的哪一个缝隙里去呢?

他又去了南方，在广州，他没有找到她，在深圳，他又听说了她的足迹，她来过这里，她似乎就在这座年轻的城市中奔走，但他找不到她。

他变得很沮丧，这里的生活节奏快于北方，它更慢不下来了。他在一家三星级的酒店大堂坐着，过了一会儿，忽然一个保安走了过来，“那边有一个小姐想要叫你。”

他抬了抬头，看见酒吧柜台边，在那边的高脚椅上，坐着一个女人，她不是胡铃铃，但她是一个性感的女人。他想，也许她可能会见过胡铃铃?他向她走去。

“要喝一杯吗?”她问他，她在观察他，像打量一个拳击手。

“可以，来一杯吧。”有女人请酒，他感到高兴。

酒端上来了，他们开始聊天，他们聊了很多，他确信她没有见过胡铃铃，他就没有问她。到后来，她埋了单，说：“我们走吧，找个地方去吧。”

“什么?”他没弄明白。

“你没弄明白?”她打了个响指，立即叫来了几个保安，“这家伙怎么不跟我走！我好不容易看上一个，他还……”

秦杰明白她把他当成“鸭”了，后来他才听说这家酒店是深圳一家有名的“鸭店”，“鸭”就是男妓的绰号，他明白她误会了。他向她解释了半天，说自己不是一只“鸭”，他是来找人的。他还付了酒钱，那个女人才罢休。“我好不容易看上一个，可他还不跟我走……”那女人走了。

他找不到胡铃铃，游历了一些生长型的中国城市，他感到有一种速度在这个时代已不可能慢下来了。缓慢只是一种呼唤，一种理想，如同胡铃铃在遇到他之前的那个模样，是一个坚贞的处女，一种停滞在梦想与憧憬状态下的少女，她当然是缓慢的，甚至还是静止的。但她遇到了他，她立即被改变了速率，是他使她加快了速度，并进入这个已越发疯狂和纷乱的世界中去的，而他自己却想慢下来，这多少都有些太滑稽了，太滑稽了，他想明白了，她已被他改变，并沿着新的速度去生活了。世界也是一个永动器，一旦动了一下，就不可能再停下来了，可问题是经历了午夜狂欢和狂迷，我要回到缓慢中去，我怎么样才能回到缓慢去？他站在那冲天而起的深南大道的高楼大厦中间，看着来来往往的人流光涌，脸上一片茫然，流出了眼泪。

当一回野人

秦杰到底还是没有找到胡铃铃，他又回到了北方大城，找到了于磊，于磊仍旧处于一种困惑当中，“她居然变成了一个蜘蛛女，到处吐那种蛛丝，把我的房间一分为二，她居然想侵占我的地方，可后来当我领着警察到家的时候，她就又无影无踪了，连同她的壮汉男朋友，这可太奇怪了，这可太奇怪了！”于磊还没有从蜘蛛女对他的入侵来的震惊中回过神来，他看到秦杰一腔的沮丧，他听秦杰说了他的事，妻子离开他跑了，胡铃铃也离开他走了。他听了他的缓慢理论，“可我们无法逃离，我们逃不开这些东西。”于磊指着四周的高楼大厦，“我们逃不出去，我们是午夜狂欢的人，都市中的老鼠，我们逃不出去。”

“也不知左岩在干什么？这家伙好久没有消息了，自从我们结束飞行之后。”秦杰说，“我们得去找找他。”

他们两个人找到了左岩，发现左岩正处在一种欣喜与狂迷之中，“你老是不停地笑，你吃了什么毒品？摇头丸？”

左岩说：“我要结婚啦！我觉得我找到了归宿，我要结婚啦！”

秦杰和于磊互相看了一眼，因为他们对结婚都心有余悸，刚刚从婚姻的牢笼中逃出来，现在，又有一个兄弟要进入这座牢笼了，而且是满怀着欣喜与信心。

“你要倒霉了。”秦杰幽深地看着他说。

“这会弄得你灰头土脸的。”于磊说。

“为什么？我爱上她了，我就要和她结婚，这太简单了。她的出现一下子改变了我的生活，我当然要和她在一起，哪怕婚姻生活是糟糕的，我们也是最好的一对儿。”

“你这么确信？一般结婚前感觉好的，结婚以后恰恰要感觉糟糕，这几乎是个定律，你当心点儿。”秦杰说。

“是个什么样的女孩儿？你从哪儿认识的？”何晓问。

左岩讲述了他和她认识的经过。当然是通过电脑。左岩说完，立即从电脑上调下来几张彩色照片给他们看，他们看了一下，觉得那个女孩子还不错，“你真的打算结婚？你可要考虑清楚啊。”他们两个人仍旧心有余悸地说。

“我发现她的出现缓释了我的焦虑，我不再焦虑和痛楚了，我也不用再午夜狂欢了，我发现了生活清新和美好的一面，哪怕是陷阱，我也要投入进去，我们下个星期天结婚，在和平大酒店，你们一定要来的。”左岩说。

左岩的婚礼如期在和平大酒店举行了，这是一家三星级的酒店，酒店中专有为举办婚礼而设的司仪。整个过程秦杰是熟悉的，因为他也如此娶过一个女人，那个女人现在离开了他，而于磊的假结婚，至少也请了一些朋友吃过喜宴。现在，则是左岩在进行他人生中最重要和最富于戏剧性的一幕了。

这当然由白色婚纱、伴娘和伴郎、宾客所赠送的礼品、欢笑和碰杯声、婚礼的具体仪式构成，整个过程洋溢着一种欢庆气息，大家都被笼罩在一种莫名的欢乐之中。于磊和秦杰也坐在宾客当中，脸上有一种奇怪的表情，酒过三巡，他们找了个机会一起去上了一趟厕所。

“咱们俩怎么办？”于磊问秦杰。

秦杰的表情十分复杂，“缓慢，缓慢，我不知道我们该怎么办，不过，看来我们要真正离开午夜狂欢的生活了。”他沉默着。他下了决心缓慢下来，后来婚宴散了，他们走出了宾馆，走去这座城市中，他们又被这座城市所带有的固有的节奏给俘获了。

“我们离开都市，去当一回真正的野人吧。”秦杰说。

“什么？当一回野人？”

“对，在这座城市的北面，是一片大山，我们什么也不带，只带上打火机、绳子、瑞士军刀和防寒服，进入山地去生活一段时间吧，像个真正的野人那样去生活，我一定要找到那种缓慢的感觉，”他说，“你去不去？”

“我去！我当然去！”

他们俩说干就干，第二天，他们准备了一点干粮，带好了野营所需要的一切东西，刀、绳子、保暖服、打火机，拦了一辆出租车，开始向北进发。

“你朝有山的地方一直开过去。”秦杰对那个司机讲。

“见山跄死马，我的车也许会散架的。”司机说。

“我们要进山当野人，当心我把你给宰了。”秦杰冲他露出了凶相。那个司机不再说话，拉着他们一直向山里去。在山脚下，车停了下来，秦杰与于磊下了车，开始向山里步行。

一开始他们还可以看见人烟，但后来他们看不见人了，他们像野人那样在山里搭窝生火，追杀野兔、摘野枣，而且从不看表。他们像个自然人那样在山里待了一个星期，秦杰渐渐地感到了高兴，“我终于找到了一种缓慢的感觉了。时间过得可真慢。”他发现自己沉湎于酒色的身体正在恢复得强健，他追赶野兔时的动作敏捷如同猿人。

“可我想女人了，”何晓说，“过去我不想女人，但在山里待久了，我又想女人了。”他这么说，而且这么拿目光盯着在山里碰见的乡村女孩。

“你这样子，见了母猪都是双眼皮的，”秦杰说，“在山里待着，做个野人可真好啊，我们终于离开了城市，因为在城市当中，到处都是说谎者、失意者、偷盗者、精神病患者、平面人和生意人，还有政客，这些家伙叫我讨厌，而且，我们通过午夜狂欢，变得更为冷漠、无政府、非主流，走在剃刀和危险的边缘，如同一列火车在疯狂地向前开，但方向却早已不确定了。现在，我找到了缓慢的感觉，这很好，这很好。你感觉怎么样？”

于磊一边吃着野山葱和野柿子，一边说：“可冬天来了怎么办？我们不会被冻死吧？”

“不会。”秦杰说。他们继续向山里走，在里面，发现了一座军事基地。那是一座直升机军事基地，他们见到了基地的长官，告诉他他们要做野人。

“要做野人？哈哈，太好了，我一直这样训练着我的士兵们，你们这不算什么野人，我可以把你们空投到东北的长白山上去，那里就要大雪封山了，你们敢不敢在山上待上一个冬天？”

“敢！当然敢！”两个人都说。

“好，那你们明天上我们的直升机吧。”军官说，“我们把你们带到那里去。那里有一片真正的原始森林，你们要能在那种地方过上一冬，你们才可称得上是真正的野人。”

在飞机上，他们看见了下面的大地，到处是森林、茂密的森林覆盖着地表，河流在其中像发亮的白色带子。他们被放在了长白山的一处山峰底下。这回，他们真的要做野人。

当直升机再一次升入空中，地面上只剩下了他们两个人的时候，于磊突然感到有点儿寒冷与惧怕。“他们明年开春才来接我们吗？”

“对，”秦杰说，“咱们向山里头进发吧。”他拉了一下于磊。

在他们的周围，是真正的群山和大自然。冬天快到了，一切因此而显得更加的苍翠和富有生命力。他们的头发已经长长了，披头散发，像个野人，手中握着砍刀。他们一边向前走，一边听到了远处的狼嚎和熊吼，那种激动人心的野兽之声回荡在森林上空。然后，他们扯开喉咙，也发出了一声号叫……

几个月以后，在一幢位于高速路边的塔楼中的一间房子里，幸福的左岩和他那个在网络上结识的小娇妻甜蜜地做完了爱，他滚落一边，躺在大床上沉沉地睡去了。在他周围，城市也在大地之上沉沉地睡去，没有星星，只有黑暗笼罩了城市，也只有灯火又咬破了黑暗。他做了一个梦，梦见了一片白雪皑皑的大雪原中，一个野人正在生火烤肉，在旁边，则躺着另一具尸体，他已经变成了骨架，也许他身上的肌肉已变成了那个野人的热量替代物。那个野人是钻木取火的，长发披肩，他一边烤着肉，一边盯着四周的群山与白雪皑皑的世界。这个野人已经被困了几个月了，他没有同伴，只有一个人，或者他是靠吃同伴的肉才活下来的。太阳从大森林中喷薄而起。他看见了太阳，顿时兴奋了起来，手中举着一把刀，冲着太阳长啸了起来，声音久久地在四周回荡，声音孤独而又辉煌，左岩翻了一个身，这个梦中的景象又消失了。现在他梦见他驾驶着一辆汽车在城市中间奔逃，有另外一辆黑色尼桑轿车在紧紧地盯着他，毫不放松，他在城市间的道路中狂奔……

平面人

星星对着原野上的生树微笑

这当然是在夜晚，我是黑夜的树叶上的虫子，我吃黑夜这树叶。我是Disco Jockay，或者说我叫唱片骑师，你们还把我叫作DJ，这当然是一种简单的叫法。我几乎和夜晚共生，或者说我是一只有翼生物，当夜晚像被浓密的黑云吹动一样染黑城市，我便在城市的峡谷间鼓动双翼低空飞行。下午六点多钟，是我吃每天的第一顿饭的时候，我坐在餐馆里，我吃很辣的川菜或是朝鲜菜，我看着夜晚的幕布渐渐从半空中垂下来，这时候所有在街上行走的人，都如同长上了翅膀，只要他们愿意飞，他们就可以飞，我在吃这种很辣的菜的时候却感觉我是在跳迪斯科，这当然是非常激动人心的事。我做DJ已经一年了，我停止做DJ是在我哥哥死了之后，我叫田畅，我哥哥叫田阳。从某种程度上讲他可能是中国最好的警察，因为他一共击毙了三个中国最凶残的罪犯，他们拔枪速度是非常快的，这使得他能够活到二十八岁，就成了中国最优秀的刑警。我是在叙说黑夜吗？噢，我当然看见了星星，当“星星对着原野上的生树微笑”时，我就会站在城市的风中，像一棵倾斜的树一样在街道上前行。有时候我要一口气吃掉四个巨无霸汉堡包，我是在黑夜的树上生长的一种虫子，我吃城市上空的黑夜，和在黑夜中抖动的光线，那是我看不见的一种苍茫。

在晚上八点之前，我要站在DJ台的中央，这时候我仿佛是一支昆虫队伍的首领，在我的面前有几百张唱片，我看着它们，仿佛它们是别样的标本，或者说每一张唱片都是蝴蝶的标本，我翻动并连接它们，我找到一首曲子和另一首曲子之间的"Break"，我就会让这些音乐蝴蝶飞起来，成为盛开在黑夜空间中的一种节奏，一种战栗，一种飞动，让那些在迪厅里的树木般的人群像被伐木工人伐倒一样飘摇。我打算唤醒那些在黑夜城市中麻木的躯体，使他们血液中的航船扬起风帆，并且激越地出发。这时候，你要看到我、你就会看到一个长头发的人，我是自信的，我爱你们，我爱夜晚的降临。夜晚是人体一种细胞的营养液，它会让你在激情中疯长，一不注意你就会变成某种热带植物，在白昼到来的时候覆盖整个喧闹的街区。

九点钟，仿佛是钟声在黑色的海底被钝钝地传得很远，我就在头顶的屋棚上释放出的一氧化碳的雾气中开始我的工作，我真正投入了我的工作，也许你觉得我干的是一项简单的工作，如同你的母亲翻动烙饼一样容易，可事情并不是这样的，这绝对不像烙饼的翻转那样简单，我要把那些歌一首接一首地放下去，我像一头灵巧的骆驼，一头懂得穿动针线的骆驼，我把针和线，我把唱片和唱片穿起来，我把洛克塞特、玫瑰枪手、玛丽亚凯利、红辣椒和老鹰乐队穿起来，我把它们像一条河流一样连起来，让它的浪花猛地打湿你的灵魂。

这就是我的工作，午夜里摇动的树枝，我使用调速器去连接那些歌，让人们一直能够找到鼓点，并且用音乐把他们的情绪引向一片绚烂的灯光之域，去活着，去敞开和重新被黑暗所遮蔽。

在更早的时候，我还是 A 大哲学系的学生。我迷恋海德格尔，我经常抱着《存在与时间》在走动。后来我还喜欢过罗兰 巴特，我曾经在一所中学教过政治，但那与我梦想的生活太远，于是我就去当了 DJ，我哥哥说我是平面人，那我就是平面人好了。如果能让音乐变成血液在人体内供氧，我就想当这样的一个供氧师，我当了，而且很喜欢。我热爱我的工作，它与我的生活如此紧密相边，或者说我的工作就是我的生活，我二十五岁了，我喜欢这完美的音乐，我在夜晚的舞厅里，我戴着耳机，我和其他的人一起起舞，女人、烟雾、星星、鸟和星座都在我的周围闪耀，这是美妙的时辰，是和众多的人进行音乐汇合的时辰，你可以用皮鞭去抽打时间的金枝，那子夜的夜莺之歌与晨雨，都在狂暴的雷声中和灵魂一起降临。

当然，这也许有点儿太虚幻，比如现在我就坐在 DJ 台的中央，我在让一首歌连动一首歌，把那些阴暗处坐着的男女们充电然后放电。你了解迪厅吗？我的一位朋友过去喜欢来这里，但后来他认为迪厅里到处是在进行音乐吸毒的人，他们在狂暴的节奏中让自己变成比当代灵魂还破碎的东西，成为这个时代人已垃圾化的主角。比如现在我已不再去读那些哲学书了，我已变成了一个平面人，我听不懂他说的话。

我当然仍旧要提到我的哥哥，我的哥哥从上个星期突然陷入了一种可怕的忧郁，那是在他瞎了一只眼之后的第三个月，在一个夜晚他却告诉母亲说他要自杀。他已经成家，但他有时候要回到家里来看看母亲和我，我是在隔壁的房间里听到的，我忽然听到了我哥哥的啜泣声，那如同婴儿的哭声让我吃惊。我听出来是我哥哥，我没想到在他坚强的外表之下也有一颗容易破碎的心。在两个多月以前，在一天夜里，在公主坟新落成的立交桥边上，我的哥哥突然发现了他追捕多年的一个逃犯，“两个人的眼睛在一刹那之间都亮了一下，然后我们都拔出了手枪，我击中了他的胳膊，但他击中了我的左眼，”我哥哥对我说，他在失去一只眼之后仍旧显得异常沉静。“这可能是我的第一次失手。我追捕了他五年，没想到他又在北京出现了，在这之前他已经杀过两个人，其中一个还是十九岁的暗娼，那个暗娼很漂亮，但她死在他手里很惨，他把一个灯泡塞进了她的子宫，可那个灯泡却碎了。那个十九岁的女孩一定是在一种十分痛苦的情况下死的，被他杀死的。这个人叫万鸥。他杀死了这两个人后却又逃向了南方，已被通缉多年。可那天晚上我们相遇，都吃了一惊，可能是因为有桥的阴影的阻挡，我没能将他击毙。但我一定会找到他的，我会的。”我哥哥说。

“那么找到他，能不能从他的两腿之间往上打上一枪。”我问我哥哥，“让子弹像一颗种子一样在他的身体里旅行，然后在他的头发上开出一朵花来？”

“你可够残忍的。”我哥哥沉默了一会儿，用他的独眼望着我，拍了一下我的肩膀说。但那天晚上他却想要自杀，中国最优秀的刑警要自杀？我仔细地谛听。原来我的哥哥在下午穿便衣去某个公共场所执行任务的时候，与一个搂着小蜜的大款撞了一下，那个大款立即叫骂着，“看着点儿道，独眼龙！”这句话深深地刺伤了我哥哥，独眼龙？！当时我哥哥突然有一种拔枪的冲动，他当时想不是在别人的脑袋上开上一枪就在自己的头上打一枪，他的手在抖，他想不明白的是自己多少次忘却生死去与凶犯搏杀，保护的就是这种称他做“独眼龙”的人，那天他忽然感到了一种深深的绝望，他觉得一切都没意思，他想自杀，因为那是一种深渊一样的孤寂和冷漠，抓住了他的心。我在听着，听着他和我母亲诉说，他最信任她，那是一个漫长的夜晚，第二天早晨我看到他从他的房间出来，他的脸上已重新有了那种坚毅的表情，我正在刷牙，他掐了掐我的脖子，“田畅，我要是抓住那个叫万鸥的家伙，一定从他的两腿之间往上打一枪，像你说的那样！”

我找到了一首歌与另一首歌之间的Break，我把它们连起来，迪厅里的大屏幕的彩电和几台小屏幕彩电上的人影在飘摇，金属的鸟在嘶叫，我是音乐骑师，我是领唱，我唱“one、two、three、four！”然后迪厅里所有的人都一起颤动躯体，成为黎明前的山洞里的舞蹈着的人群。这是一个有着两层楼的若干包房构成的舞厅。在大厅里，仿佛是一个圆形的古罗马角斗场，我就在场子的中央，我和另一个调音师，当然他是副手，一起工作。我情绪饱满，我还要调整好表情，我们还有几个领舞员。她们会在整个场面的情绪低落下去的时候走上圆形围墩，为所有的人领舞，她们是黑色的蛇妖，像充满诱惑力的蛇一样让体内伸展出韵律与节奏，她们都穿黑色的紧身裙。总之我的每一天都是这样，我到午夜两点停下来，我乘坐出租车回到家里，我所经过的城市街道如同被飓风扫荡过一样空空荡荡，那些路灯闪着空寂的光，因此我说我喜欢这样空寂的街道与沉入睡眠的城市。

但是有一天，我看到了一个姑娘。那当然是在今年夏天，五月的夜晚已如火一样炽热，晚上十一点钟，我已将音乐推向了高潮，这时忽然有一个穿一条火红色紧身裙的女孩跳上了领舞台，她的身材非常棒，她像一团柔美的火焰，火红火红的火焰在跳动，与穿黑色裙子的领舞员相映成趣。但她跳得更疯狂、更柔软、更有弹性。她长得像是一个小雪人，她的表情很冷淡，她的身体像一团活火可她的脸部仍旧一片沉静，她跳得好极了，她一上台，立即使整个舞厅里的气氛显得更为热烈，使舞厅里所有的人都陷入了一种狂迷。而她离我是那样近，她就在我的头顶，我身边的围墩之上起舞，我仰脸看着她，有点儿发呆，我觉得她很美丽，尽管她有点儿冷，可我却感到了心脏在猛烈的捶击，这对我是第一次，我有点儿发傻。我的样子一定很蠢，这时她忽然看了我一眼，我看见她对我笑了一下，这使得我觉得这一刻舞厅里一下子凝固了，如同突然封冻的海洋，每一个人都是色彩斑斓的热带鱼，或者说是我们都在果冻中行走，那是迟滞的，忧郁而又激越的。这是她在刹那间带给我的感觉。她大约跳了十五分钟，额头上也沁出了一些晶亮的汗珠，然后她跳下了台，她朝黑暗的边缘走去，她陷入了一片暗色，她又坐上了一个高脚椅，在她的旁边，另一个座位上，坐着一个穿黑色西装、白衬衣并扎领带的男人，她灵巧地坐下来，开始啜饮一杯饮料。我猜想那一定是一种叫作“龙舌兰日出”的东西，那是火红的液体，如同日出的太阳一样的圆形的冰块在酒中荡漾。她一定在喝这种东西，因为那与她的风格相媲美。她在和那个很壮的男人说话，她在逗他，她的眼睛也斜着看着他，可那个男人不苟言笑，或者说他只是勉强地笑了一下。他是她的什么人？我有些迷茫。我在找一首歌和另一首歌之间的“Break”，我用目光搜寻着她，她再也没有上台领舞了，她只是坐在那儿喝东西，和那个不太说话的男人聊天。有一会儿她从座位上消失了，我从二层的围栏边看见了她，原来她是想从高处向下看，看一看在大厅中间跳动着的人们。也许在她的眼睛里，所有跳动的男女们都是电动玩具，你给他们上足了音乐的发条，他们开始有节奏地弹动，充满激情，旁若无人而又不能自已。我想也许她看着这一切会感到好笑，在夜晚人是多么脆弱而又有趣的生物，年青的人们汇聚到迪厅，仿佛这里是一个祭坛，正在向城市之夜的黑暗之神献祭。那么我就是祭师了？一过午夜一点钟，人们在渐渐离去，大厅里的人在减少，突然，我发现她也离去了。她的消失是我所没能察觉的。我有些失落，仿佛一团火从我的眼前飘走了，火的离去使舞厅里变得黑暗和寒冷。午夜两点，所有的人都已离去，我关掉机器，舞厅里只剩下了我一个人，我只开着几盏小灯，我坐下来谛听城市的睡眠，我还可以听见机器的喘息声，虽然我关掉了它，可它也累了，因为我也累了。一些浮尘一样的音符在我的大脑中残留并跳跃。我有些失落，因为人们都已离去。我想起了她，她还会来的？我决定回家去，我锁好了所有的唱片，我把在脑袋里浮动的音符挤出去，我离开了迪厅，我朝一辆亮着红灯的出租车招了一下手，我喜欢这一刻的城市，这是一座沉入睡眠的空城，而一个城市祭师却醒着，眼前跳跃着一团火红的火苗，一团人影的火苗。

夜中之人，由蜗牛的荧光行迹导引他们跟踪那辆宝马轿车已经有一个小时了，那辆宝马车主似乎有些心神不定，在约莫一小时的时候里从亚运村旁边的“皇宫”娱乐城到了小关的“梦苑”舞厅，但车主一直没有下来，又去了西直门外展览馆边上的一个桑拿按摩场所。他们就坐在一辆深蓝色的桑塔纳里，守在路口一直等着。一个多小时以后，这辆宝马再一次地驶了出来，他们又紧紧地跟上了，汽车沿着西二环迅速向南开去，在过复兴门桥时他们发现宝马车迟疑了一下，因为它好像想上桥向西，但稍微放慢了一点速度又继续向前。在天宁寺立交桥上它突然加快了速度，开始在三条车道间来回穿梭。跟在这辆车后面的桑塔纳轿车紧紧跟上，但却显得有些力不从心。在桑塔纳轿车中一共有三个人。他们都穿暗色的衣服。夜晚的幕布盖下来，但在高速路上，一辆辆汽车的尾灯闪烁，构成了一条绮丽而又变幻无定的灯光之河。

在菜户营立交桥上发生了起交通事故，使得高速路上积起了一条堵车的长龙。

“它在我们前面，隔了有三辆车。它要是溜了怎么办？”桑塔纳车中有人在问。

“跑不了，我盯过的东西从来都跑不了。你说我喜欢的东西什么曾经跑掉过？没有吧，狗杂种？”这是一个说话粗声的，他叫万鸥。他留短头发，两眼放着散漫的光。一辆抢险车把一辆被撞坏的夏利车逆行拖了过来，车流继续前行了。这一次他们盯得很紧，根本就没有叫“宝马”车距离他们二十米之外远，他们继续由南二环向前走，南二环的汽车流量骤然减少了，双向的六条车道里的汽车如同奔驰的流星，在暗夜里互相会面。宝马轿车飞一样向方庄小区而去。这时已是午夜十二点半，他们在其后紧紧跟随，“宝马”留在了方城园小区一幢并不算很高的公寓楼前。紧紧跟着的桑塔纳停在一辆切诺基后面，悄悄熄了火，车中的他们快速地下了车，向那辆“宝马”走去。当“宝马”车主人从车上刚探出身，他们已扑了上去摁住了他，把他堵回了车内。

“你最好别叫，听我说，我是个逃犯，我盯你好久了，你要叫我就干掉你！我再说一遍，我们要跟你到家取点儿钱花。快，带我们上楼！”“宝马”的车主看着顶着他的喉咙的一把手枪，额头早已冒出了汗。这是一个年近四十岁的经理模样的人。“别紧张，伙计，”万鸥掏出了手绢，替他擦了擦汗，然后又把手绢塞进了他的嘴里，“你要叫我就干掉你，真的干掉你。走吧，上楼去！”

他们押着他上楼，他们的手上在黑暗中寒光一闪，那是瑞士军刀的寒光。他们押着他从人行楼梯向上走，而没有走电梯。到了五楼，他们走进了楼道，车主迟疑了一下，敲了敲门，门开了，一个女人穿着欧迪芬牌子的内衣惊讶地看着他们，她刚要尖叫，但匪徒们已冲了进去，把她按住了，刀架在了她的脖子上，台灯打开了，由于窗帘都拉着，万鸥满意地扫视了一下屋子，看见了屋角的一个小型保险柜，“你还真的挺有钱的。把钥匙交出来，快一点儿。我叫万鸥，你听好了，明天你尽可以去报案，我们拿了钱就走。”万鸥把车主嘴里的手绢掏了出来。车主因惊恐而脸色通红，他被迅速地反手绑在椅子上了。“钥匙，钥匙在口袋里。”他有气无力地说。“别，别杀我们。”这就是有钱人的德行，万鸥想，他多少有些蔑视这些有钱人，一旦到生命威胁他们时就屎尿一起流，与他们平时的贪婪刚好相反，变得连条狗都不如。万鸥看见了屋角的一个小型的保险柜，“那玩意儿你女人会开吗？”他用枪指了一下早已瘫软如泥的女人。这是一个漂亮的三十岁出头的女人，但她早已花容失色了。“会，她会。”他说，这句话令那女人更害怕，万鸥过去把钥匙交给她，“你们可真是珠联璧合，他拿着钥匙，而你专开保险柜，快点儿，去打开保险柜。”万鸥说，女人接过了钥匙，她在轻声哭。另一个男人用刀顶着她的肋骨，他们向保险柜走去。第三个男人则已开始在屋子里翻动了，屋主人已经完全吓傻了。当保险柜打开的时候，万鸥的眼睛亮了一下，保险柜中有各种有价证券，还有厚厚的几叠美元和人民币。“嘿，好极了。”万鸥把钱拿起来，“这可全是黑钱吧？我知道你开的那家海鲜酒楼，专门为几个贪官污吏洗黑钱的。我盯了你有半个月，你知道吗？你这些钱没有几个是干净的，可我知道你为之舔屁股的那个大官儿要完蛋了。我这叫黑吃黑。喂，”万鸥转过身对女人说，“你是他老婆，可你知道他天天在外面花天酒地吗？你知道他在亚运村为一个南方臭女人长期包房吗？你知道他在银行还瞒着你存了多少钱吗？你知道他一晚上在卡拉 OK 包房就花掉多少钱吗？唐宇，你把这钱装在包里，冯大头，你别乱翻了，我说过钱全在这保险柜里，狗杂种！”万鸥突然对自己的两个手下人吼道。他额上的青筋在暴起，女人小声地哭着。男人已有些虚脱，“只要能给我条命，给我条命就行……”万鸥蔑视地看着他，他忽然把枪口伸进了男人的嘴巴，男人的眼睛瞪大了，“我会给你条命的。”万鸥和他对视着，好久，男人在他的目光下渐渐变得刚强了起来，“你杀吧！你杀吧！可总会有警察把你抓住的，你杀吧，你杀吧！”

万鸥把枪缩回来，“警察？一个追了我好几年的警察都叫我打瞎了一只眼，警察？呸，我只是在一九八三年因为喊了一声‘地震啦！’，结果有人从楼上跳下来摔死了，有的摔断了胳膊，这些账都算到了我头上，碰上了那一年的‘严打’，把我判了死缓。死缓！你奶奶的，整整七年，叫我在新疆的沙漠里慢慢变成了干尸。可五年前我逃了出来，我发现世道早变了，连小时候是二傻子的人都发财了。所以我恨你们，狗杂种。所以，我现在就整天打听你们，然后我就登门拜访你，你的钱有一半都是赃钱，比我还脏，你这个脏货……”万鸥突然拽过来一个沙发坐垫，把它盖在男人的胸口上的枪上，扣动了扳机，一声闷响过后，男人的口中冒出了几个血泡泡，“打在肺上了，妈的。”万鸥骂道，他又开了一枪，声音依旧有些沉闷，不过像是什么东西从高空掉在了地上似的闷响了一下。男人抽搐了一下，死了。女人目光呆滞，停了片刻她明白发生了什么，她突然发出了一声尖叫，但这尖叫声刚传出来两秒钟，唐宇，一个光脸的男人的瑞士军刀就割破了她的喉咙，使得这声尖叫突然从半空中收住，变成了漏气的皮球的泄气声。唐宇把女人按倒在沙发上，在她的动脉上又割了一刀，由于有漂亮的沙发垫子盖着，血溅出时没有喷到他身上。

两个人都死了，屋子里一时竟出现了死寂一样的沉默。万鸥坐在了沙发上，脸上浮现出了一阵忧郁。冯大头在数着钱，唐宇说：“我们走吧？头儿？我们走吧？”

“这是我们今年干掉的第几个人？”万鸥问。

“第二次，一共三个人，我们一共杀了三个人。”

“很好，我们才开始，就这样干下去。咱们走吧。冯大头，你清楚了没有？听好了。今天晚上你连夜把那辆宝马开到山东烟台去，你去‘海声’大酒楼找老黑，叫他把车处理掉。唐宇你去把那个小骚货接回来，一会儿看不见她我就心烦。她为什么总喜欢到那些迪厅和酒吧里泡着？我猜她一定在‘夜人’迪厅里，你去接吧，我独自打车回去。就这么办，走吧。”

他们迅速收拾好东西，屋子里并不太乱，巨型的龟背竹生机盎然，两具尸体的头都被两个沙发软垫盖着，看上去像是睡着了一样，“等一等，”

万鸥忽然看见了唱片，他饶有兴趣地翻出了一张王洛宾的唱片，“在新疆的塔克拉玛干沙漠监狱里，我老听他的歌。我喜欢这个老头，可他前几天却死了。等等，我要听听他的歌再走。”万鸥走过去，把那张CD盘放进唱机，唱机立即就传出了那首歌。万鸥坐下来，仔细听着。这时候屋子里的气氛非常古怪，台灯下显得有些黑暗，冯大头和唐宇两个人站立着，他们一声不吭，而两个死人则更加沉默。万鸥听得有些忧伤，眼角沁出一些泪水。他一定想起了他的逃亡岁月。他觉得自己是如此喜欢王洛宾的歌，只有他的歌能让自己获得灵魂的宁静。听完歌，关掉音响，万鸥站起来，“我们走吧。”

他们一行三人沿着人行梯下了楼，这时时针已指向了午夜一点钟。冯大头钻进了宝马车，唐宇钻进了桑塔纳，万鸥冲他们挥了一下手，他们立即把车开走了。万欧背着装有钱的钱包，向外边的马路走去。他走在漆黑的夜里，有点儿不太相信这一切。他总觉得这仍旧是他在铁窗中做的一个梦，这些梦都是重叠的，每一个梦中他都获得了自由。但醒来之后发现自己仍旧身陷囹圄。他走在夜晚的大街上，空气潮湿而又美好。他拦住了一辆出租车，“去西边，公主坟。”他对司机说。这一刻他格外喜欢这时的夜晚，夜晚是他体内的每一个细胞都充满活力的时候，他完全是夜中之人，在夜晚他才觉得自己活着，他在想，今天这又是我在铁窗中做的一个关于夜晚的梦吗？

散步的鱼

田畅觉得自己的内心和此时被夜晚所溶解的城市一样一片空茫，在他的眼前总是晃动着一片火苗，他挥之不去。午夜的城市早已是一座死城，连流浪汉也溜进了下水道去睡觉了。在路过东三环“夜人”歌舞厅的时候，这家彻夜营业的舞厅门前灯火辉煌，很多跑车、敞篷吉普都停在大门口，田畅叫司机停下来，他打算进去喝上一点儿酒，喝上一点儿烈性的墨西哥烈酒。他走进去，发现自己仿佛来到了太平洋上的某个岛国，这里的人打扮得多少有些怪，男人扎辫子的、戴耳环的，女人剃光头的、穿中山装的到处都是，这里才是黎明前的山洞，田畅想。不过这里的门票就是一百元，真是太贵了，是我买一张唱盘的钱。他来到了酒吧，这家舞厅中间空出有一百多平方米的空间，是用于跳舞的，而四周高高矮矮地准备了很多石桌椅，这里完全是按山洞的布局来设计的，如同史前时代猿类部族的一次聚会，大家都聚到了一起来，田畅看着各色各样的怪人，多少有些好笑。这里因为靠近使馆区，所以服务的对象大多是外国人，但最近来这里的人已是中国人居多。曾有传闻说这里是一个同性恋酒吧，但田畅环顾四周，也没看见有一对同性坐在一起。但他的视线忽然落在了一个人的身上，这使得他的眼睛里立即闪现出一团火苗。

她正是刚才在他的迪厅里跳舞的那个穿火红色裙子的女孩。她仍旧与男人坐在一起，但这次不同的是她与两个男人坐在一起，在她的右边又多了一个男人，那是一个很瘦的男人，脸又尖又长，如同一柄出鞘的鱼刀，田畅看见这个人就不喜欢他，他一定是个令人讨厌的家伙。但他的目光却无法离开她的脸，这张脸是如此生动，使他不能自已。他没有去听乐队的演奏，而是站起来径直朝她走去。他离她越来越近了，她在抽一根烟，在她的眼睛里闪现的却是一种冷漠。

“我要和你跳个舞。”他伸出了一只手去请她，目光咄咄逼人。

“太好啦，”她一下子变得欢快了。“我们跳什么舞？”她弹掉了手中的烟。扬了一下下巴。

“跳探戈怎么样？或者摇摆舞？扭扭舞？这些我都会。”

她朝两个男人扬了一下下巴，两个男人冷冷地看着她。他拉起她的手，向空无一人的台子中央走去。午夜的舞厅，到处都是沉醉的气息，人们互相在对方的怀抱里寻觅着看不见的温情。一切都已金属化和塑料化了，他想。他揽住了她的腰，她的喉咙里“噫”了一声。“乐队，来一首探戈！”田畅像个真正的王子那样和她跳了起来。他身心澎湃，他跳得很好，他旁若无人，他潇洒至极，在舞厅里很少有人跳这种舞，可他跳得不错，他觉得她和他的配合非常棒，她几乎是在用一种迷醉和狂乱的眼神在看着他，他们如同是金童玉女一样在跳着舞，而她是他心目中的雪人，纯洁的雪人。有一瞬间她仰面弯下腰去，他俯身在她上面，“你叫什么？我在贝斯特迪厅时就想问你叫什么……”他几乎可以看见她眼底湖水荡漾，但这样一双眼却的确空空茫茫。

“我叫邓梅，你是那个DJ，对吧？你盯过我的小肚子，在我领舞的时候，对吧？”她笑了起来，露出一口的小白牙，那白牙如同玉米粒的融会聚合一样透露着光泽。

“我叫田畅，我觉得你是一团小火苗儿，小梅子？”他冷不丁叫了一声。

“嗯？”她答应了一声，“我们来跳摇摆舞吧。”他们压根儿就没停。又立即接着跳起了摇摆舞。这在二十世纪八十年代曾经风行一时的舞蹈早已绝迹了一样，突然在他们的舞步中又复活了。一些人从沉醉在恋人的怀抱中苏醒过来，探出头看他们跳舞。“他们在看我们跳，我们来玩个绝的。”田畅诡秘地说。他突然踩起脚来，他和她又跳起了真正的扭扭舞。“你是个空心的雪人，”他对她说，“而我是个平面人。”

“什么叫平面人？”她皱起眉头，如同嘴里含了一个毛毛虫一样地问他，

“平面人？”她大声问他。

“嘿，就是跳探戈舞和扭扭舞的人，就是我。”田畅说。整个山洞一样的舞厅气氛与灯光异常昏暗，这里的一切似乎是早已回到了某个感伤的时代，甚至是美洲二十世纪三十年代的狂欢时期，而根本不是九十年代，或者时间以一种重叠的方式让时间来了一次倒流。他们跳得很开心，他们不理会周围的任何一个人，一直到忽然一声巨响，激烈的迪斯科音乐响了，一些人弹跳起来，立即加入到了这舞蹈的队伍，他们像一群奇异的动物一样向田畅和邓梅围拢过来，身体在流过一阵电流，这时她和他都站在舞台的中央，就好像他们是即将被送上祭台的祭品。

“我们逃走吧！”她大声地对我说。

“可我们逃到哪儿？”他问。

“逃出去！我讨厌跟着我的那两个家伙！”

“他们是什么人？”

“是我大哥的朋友，来看护我的。”

“是你的保镖？”

“不，不是，咱们走吧。嘿，别让他们找到我们。”她和他拉着手，猛地从那些狂跳着的野兽般的人群中间溜了出去，他们成了从网中逃脱的鱼。转眼之间，他们就来到了大街上，他们看见了四周冷漠的高楼大厦，高速路上的飞速行驶而过的汽车发生了轰响，一切又回到了当代，回到了一九九六年，这使他们松了口气。

“我们散一会儿步吧，”她说，“我们是两条散步的鱼。”“我们是两条鱼？”田畅问她，“我觉得我们是黑夜的树叶上的虫子。我们不是鱼。”

“你喜欢这座城市吗？”她问他，他看见城市的天空幽暗无比，一阵号角从遥远的城市东北响起，那里有一座兵营，也许是夜晚的紧急集合。马车快速地在大街上飞奔，它仍只有在深夜才被允许穿越城市。黑夜里的城市如同一座灯光黯淡的垃圾场，所有的楼厦都处于一种静默之中，如同它们是人们玩腻后丢掉的巨型积木。夜空之中是一种粉尘和硬塑料燃烧后混合的气味，城市仍旧在震颤，仍旧在喘息。它如同一头巨兽，已真正地沉入了睡眠。

“我喜欢，而又讨厌，我想拥抱它，而又想立即离弃，我就是在这样一种矛盾的心情拉扯下生活在这里的。我觉得我的空间已被越来越多的东西给占满了，被各种新开业的商场、购物中心、大饭店和出租汽车的尾气给充满了。我生活在一个充满了塑料花和干花儿的世界，我想逃离它，可我不知道逃向哪里，于是我只好做了一个 DJ，一个调音师，我渴望在狂放的音乐中让自己与音符一起破碎与再次聚合。”

“我们逃走吧！我们一起，我和你。”邓梅的眼睛忽然地亮了起来，“我们躲开你说的这些。我们逃走，我们乘坐出租车、双层巴士、地铁、旅游列车和汽艇逃走吧，离开你所说的粉尘与塑料花儿。我想找个安静的地方去。”她甜蜜地想了一会儿，但她旋即又忧郁了，她环顾四周，四周是一个黑暗的变形金刚一样的世界，那些高楼大厦都如同俯首凝视着他们的巨型机器人，只是它们一动不动。这是令人恐怖的时刻，“归根结底，我们也许逃不走。一旦我们离开这里，我们又会很快再回到这里，因为这里是舞台，是梦想的营养液与培养基，我们还要依靠它而呼吸。让我们跑一阵儿吧。”

他们都多少有些忧郁，但他们沿着宽阔的马路跑了起来，灯光把他们的影子拉长，又从中间斩断，然后再度拉长，他们跑过了一条又一条大街，他们像两个水中的鱼一样在城市中流动。他们找了一幢楼的暗影处，拥抱了。田畅紧紧地搂着邓梅，即使天有点儿热，可他觉得她仍旧有点儿发冷，她瘦弱的肩膀在抖个不停，他捧起她的脸吻了起来，他觉得他喜欢她、爱她，他感到自己内心之中火苗蹿升。他们像恋人那样拥抱和亲吻，城市夜空中一只鸟也没有，城市之中已没有夜鸟飞翔。他们像城市午夜河流中的树桩一样在守候着黎明，他们喁喁私语，像交颈而立的公马和母马。他得知了她是从四川来的，她现在在首都师范大学进修英文，她在为去美国而做准备。“那两个男人，那两个今天跟着你的男人，他们是些什么人？”当田畅从她的热烈如同沼泽的嘴唇上挪开嘴唇时问她，邓梅的眼睛掠过一层忧郁：

“他们是我大哥的小兄弟，他们天天都守着我。”

“你大哥？你在这座城市中有个亲哥哥的？”他问她。

“不，不是的，我有一个亲哥哥，但在我十岁时他十九岁时离家消失了。谁也不知去了哪里，但有一天我在东单的一个过街之桥上，突然看见了一个男人，我怔了一下，我的脑海里响起了一个声音，它说：快喊住那个人！他是你的哥哥！于是我立即对他喊道：哥，哥……那个人怔住了，他大约有三十岁了，他的模样与我小时候的记忆，关于我那个走失的哥哥几乎一模一样。他愣愣地看了我一会儿，我突然流出了眼泪，他笑了一下，你是我的妹妹？你真是我妹妹？他一边说着一边朝着我走过来。我们就这样认识了。他现在是一家建筑工地的工头儿，只是我从来没去过他的工地。他对我非常好，非常非常好，像一个哥哥对亲妹妹那样。现在他几乎要天天看见我才行，他派了人天天陪着我，就是你曾在舞厅里见过的那两个人。”

“既然是你的哥哥，他为什么非要天天看见你？”

她有些黯然，“其实在这座城市我们每个人都很孤独，我们都渴望有亲人在一起，对吧？我白天上课，晚上我就喜欢在酒吧里待着，我一个又一个酒吧和舞厅地逛，直到最近我忽然对这座城市产生了一种怨恨，因为它太冷漠了，它根本就不喜欢我。”

“你怎么知道它就不喜欢你呢？”他问她，“城市是真正让我们表演的场合，这里充满了机会，一不留神，你就抓住了一个，变成了你想成为的那种人。”

“可我仍想离开这里。每一天在城市之中生活，我的大脑都被各种信息所填满，它们的一切都叫我既想厌弃而又热爱。我和你一样，我要逃走。你说我们逃到哪里去呢？”她说完，他们一同注视着近处的午夜城市风景。一架挂着闪亮的某个花园小区的广告的自动飞艇在他们的上空缓缓飞过。“逃走，”他喃喃自语，“逃走，……我们也许可以沿着马路逃走，因为我对我的生活也感到厌弃了，我想挣脱音乐吸毒的状态。我想让心灵中恢复宁静。我最向往的是那样一种宁静，这宁静由天空中静静地飘浮着的白云和羊群构成，这宁静当然还包括可以看得见夕阳静静下沉的房间，以及一个宁静的湖泊，而我们，就是坐在湖边默想的人。”

“太棒了，”她兴奋地看着他，“这与我所想象的一模一样，一模一样……”他们拥在一起。忽然，一辆轿车嘎地冲了过来，并且打亮了明亮的车前灯，在离他们藏身五米远的地方停了下来，灯光过于刺眼，他们紧紧搂在一起，但有几个男人已冲了过来，有一个用木棍狠狠地在田畅的头上打了一棍子，一下子就把他打昏了，田畅一阵头晕，他倒了下去。

“快搜！这个狗杂种，迷上我们的小狐狸精了。何铃，好样的，你当鱼饵最棒了。”一个男人在黑影中说。那个刚才叫邓梅但现在叫何铃的女孩飘到了这个男人的边上，但她又想起了什么，转身对正在用棍子击打田畅的一个家伙说：“别把他打坏了，搜了钱就走，别太狠了。”

“你喜欢上他了？”她边上的人问她，她看了他一眼，“怎么会呢？不过这人不坏。他讨厌这座城市，和你一样。”他们朝汽车走去，另外两个人搜遍了田畅的口袋，把他扔在了街角，就钻了汽车，他们的车立即掉头，离开了那里。“他的口袋中只装了四百块钱，何铃你怎么只钩上了这一条小狗鱼？”一个人在嚷嚷。

“你小声点儿行吗？”何铃突然生起气来，“我喜欢他，唐宇，我喜欢和他一起跳探戈和扭扭舞，你会吗？你们谁会？傻×！”她骂道，她好像真的生气了。她其实不愿意看到田畅被打，她只是和他跳舞跳得如此和谐才决定和他一起逃走。她已厌烦了给万鸥当诱饵，虽然这是生活之中唯一可以叫她感到刺激，但她猛然在田畅看见她所迸发出的激情所袭染。她有点儿心疼他，她希望他能爬起来，早点儿回家。“下次我一定选一个又胖又蠢的有钱的男人，叫你们下手干得称心如意。”她冷笑着在汽车中对唐宇说。他们的汽车消失在东三环那空寂的高速路上，一个红色的小点儿迅速地融入了城市即将展开的黎明与黑暗所融合的部分，那黏稠的、如同冰果冻一样的部分。

逃命之梯

黎明的时候田畅从街角醒来，他的后脑肿了一个大包，他摇晃着脑袋，用手摸着那里，发现头上凝结了一块血痂。在他的大脑仍旧跳动着一些残存的音符，那全是昨天晚上的讯息。他想不起来昨天晚上发生了什么，那个叫邓梅的女孩早已不知去向，或者这一切不过是城市之中的一个梦境？他苦笑着摇摇头，一直沿着大街朝前走。城市的早晨弥漫着一种特有的粉尘，这种粉尘是一种细小的颗粒，它仍全部都由人的活动所带动而起。城市醒来了，在东升的旭日的照射下，宛如巨型积木的城市在轻微的震颤着，如同机器轰鸣前的准备与间奏，人们已经开始了新一天的劳作与出征。远远望去，在三环路上又聚集起了缓缓奔涌的车流，由于车太多，三条车道上的车速都非常缓慢。在自行车道上，黑压压的人流已经在欢快地流淌。城市，再一次恢复了它那河流和永动器的面貌，仿佛是上帝的手轻轻一拨，世界咣的一声，又重新地动了起来，永无休止而又千篇一律。

但是白昼并不属于我，田畅想，在白昼中我是一株萎缩的植物，我要回到房间里去。有人击打了我，因为我喜欢上了火苗一样的一个姑娘。他依稀回忆起了昨天晚上的一些细节，暴力的阴影从他的眉目间掠过。我反对暴力！他想，但我哥哥是对的，他是以暴抗暴的方法来回答这个问题，但是我不行，我必须沉浸到杂乱而又有序的音乐中，那种现代音乐的狂迷当中去获得解脱。

田畅走在城市早晨的空气中粗重地呼吸着，他是好多天来第一次在早晨与城市相遇。他觉得他越来越不喜欢城市。城市之中门和深渊无处不在，卡车的声音像醒过来的呜咽声，这是一个强暴纯真的水泥世界，它划分了每一个人的私密空间，让他们在这一个个狭小的空间中变成孤独的生物。每当他凝视那夜晚中的楼群，城市楼厦的每一间屋子都如同摇床与囚牢，在其中固定人的程序。田畅招手叫住了一辆出租车向家而去，在车上出租车司机在抱怨着越来越堵塞的交通状况，但田畅却几欲昏昏欲睡。一进家门，正好赶上他哥哥要出门去。

“你的头怎么了？你昨天晚上为什么没有回来？”田阳问他，“你是被打了吧，额角还有血迹，让我看看。”他不由分说，要为他检查他头上的伤痕。

“烦不烦啊，让开，我要睡觉了。我昨天喝多了自己撞的，你就别管了好不好？”他推开了他的哥哥，走进了屋门。“喂……要不要去医院？”

“不去。”

“晚上有一个小型的摇滚音乐演唱会，你去不去？在‘夜人酒吧’，那是一个新人摇滚乐队，主唱是个把头发理成板寸的女孩，你去不去？”

“不去。”田畅说。他走进自己的屋子把门关上了。他忽然憎恶起一切来，这全是因为城市，他想，我必须离开这座城市。他听见他哥哥走出了家门。

在东方显现出鱼肚白色的当口，冯大头开着那辆抢来的宝马车奔驰在去山东的路途中。这是有着双向四车道的高速公路，冯大头非常的快活，这辆汽车脱手后可以拿到三十万块钱，因为这是一辆相当不错的“宝马”车，他知道他把车开到烟台，那里会有一个把这辆偷来的车改造并翻新的一整班人马，他们会给这辆车重新喷漆，给它换上另外一种颜色，他们会把发动机上的号码也改掉，总之这一切会干得天衣无缝，直到它完全像是一辆新车，一辆走私“宝马”车被那些富起来的小业主、渔民、地方官僚所看中并买走。他知道他们已如此“消化”掉了不少名牌轿车，但他不管这么多。冯大头哼着歌，但他忽然发现前面的高速公路中间黑压压地聚集着很多人，他们一动不动的如同夜晚之中的羊群，他把车速迅速地减慢，但仍差一点儿就撞上了他们。他停下车，从车中钻了出来。“你们找死啊？让开！我要过去，你们挡住路干什么？”

“拿钱出来，昨天晚上有人开车撞死了俺村一个人，但他跑了。我们村决定每过一辆汽车就征收二百元过路费，直到征够了被撞死的人的老婆孩子下半辈子的开销为止。拿二百块钱我们就让你通过。”一个面容黑得像是一块碳一样的老者说。冯大头看着眼前的人群，他们似乎有上百人，黑压压一动不动，用躯体挤满了高速公路，沉默无声地看着他。在路边上，有一个担架上躺着一个人，身上盖着的白床单已渗出乌黑的血。“可这并不是我干的，我为什么要给钱？没钱！”

他一边骂骂咧咧，一边又钻回到宝马车内，砸了一下喇叭，打算硬冲过去。我还想亲自撞死个人尝尝滋味呢，他恶狠狠地想，他猛然加速向人群冲去。那些刚刚还凝滞不动的人忽然跳了开去，一边大声咒骂他，冯大头正在暗中高兴，但人群突然闪开后，迎面却停着几辆拖拉机，他刹车不及一头撞了上去。他们愤怒了，他们把头破血流的冯大头从车子里拖出来，开始揍他。由于人太多，大家下手杂乱无章，很快地冯大头就彻底瘫软了。“死了？”有人在惊呼。那个老者走到冯大头跟前，用手挥了挥他的鼻息和脉搏，许久他站了起来，默然地点了点头，“死了。”他肯定地说“就说李二狗是他压死的。”人群仍旧在沉默着，他们如同午夜的羊群，在渐渐明亮起来的天光之下，围着两个死者一动不动。

午夜的时候田阳来到了“夜人”酒吧，他来这里想听听一个新出道的短头发的歌女的新歌，那个歌女把头发剃成了寸头，而且还穿　件将军黄色的中山装来演出。田阳从来都不喜欢摇滚乐，他也不喜欢去跳迪斯科，几个月以前，他曾经去田畅所在的“最好的”迪厅去看他弟弟，他为那电光闪动中的嘈杂音响所震动。他奇怪他的弟弟怎么可以一夜又一夜待在这种无比嘈杂的地方工作，而且乐此不疲。在他的眼睛中，那些在黑暗中扭动的人群完全是一群奇怪的动物，他们扭动躯体，放出电流，他们让生命处于一种激越和渲腾的境况，这难道就是城市人的写真吗？

他在“夜人”酒吧那幽暗的大厅里找了个偏僻的位子坐了下来，他不太习惯周围那种散漫和自由的气息。因为当刑警当惯了，这使他的神经一直处于高度紧张当中，而酒吧里弥漫的恰恰是一种歌舞升平的景象，他要了一扎啤酒在慢慢品尝，一边用犀利的目光打量着四周。由于这家酒吧在使馆区的边上，来这里的外国人倒相当之多，空气中弥漫着酒精和浪漫的气息，音响所放的是德加的乡村音乐。他还看见一个小姐牵着一条雪白的巴黎犬走了进来。在公共场合允许带狗吗？田阳一下子想不起来相关的规定了。不过他今天晚上对狗毫无兴趣，他关心的仍旧是人，是人在摇滚乐面前的敞开状态。因为他平时太紧张了，仿佛随时都要拔出手枪来射杀凶狠的逃犯似的，他慢慢地喝着啤酒，听着那深沉而又感伤的歌曲，让自己的身体放松，再放松。

最近他突然觉得应多关心一下弟弟，因为他们俩从小在这座城市中长大，弟弟从小是内向的，不爱说话。有一次，那还是在他九岁，弟弟五岁的时候，他们一起在玉渊潭公园外的一片洼地上游玩，突然弟弟一脚踩空，掉进了一个被遮蔽着的水沟中。他看见弟弟迅速地在水沟中下降，弟弟脸上挂着一种极度惊慌的神情，他向田阳伸出一只手来希望他拉他出来，但那一瞬间他迟疑了，他担心弟弟会把他一起拽入那深不可测的暗沟。恐惧使他向后退了一步，他也瞪大眼睛看着弟弟的缓缓下沉，弟弟如同一截木桩一样地沉入了水底。他拔腿向回跑，他打算跑回家去告诉母亲，叫他们来把弟弟捞出来，因为他们是大人，是身高马大的人。当他跑到大路上时，突然明白如果一直跑到家里，那弟弟也许真的就会窒息死掉了。他情急之下，就在大道上拉住了他所碰见的第一个男人的手，他们一同赶到他弟弟陷落的地方。那个人——他是一个刚刚转业的军官，把弟弟捞了出来。经过一番人工呼吸和压腹挤水，弟弟活了过来，他后来站了起来，没事儿了。两个人默默无语地手拉手走在回家的路上，那个转业的军人走了。他对弟弟说：“你不能告诉妈妈，她会打死我们的。”

弟弟郑重地点了点头，他的眼睛里那一刻仍旧残留着恐惧和死亡的阴影。但田阳当时就对弟弟下陷而他没有首先伸出手拉他而内疚，在后来他也在悄悄地观察弟弟，弟弟在成长的过程中一次也没表露出对他的怨恨。但他自责。多年以后他当了警察，从某种程度上讲与那次事件有关。现在对于他来讲，死亡已经不是一个多么可怕的东西了，他经常和死亡打照面，但弟弟那时在眼角残留的对死亡的恐惧给他留下了永恒的印象。

当弟弟辞去了教师的工作，专心干起了迪厅的DJ时，他觉得弟弟的性格发生了变化，他忽然变得快活和爱激动了，也许这是一件不坏的事情，他想。这时“夜人”舞厅酒吧的顶棚处释放出了一层二氧化碳，在雾气升腾中乐队登场了。她就是他所期待倾听的那个短头发歌女，她把自己打扮成男性的样子为了什么？这难道不是垮掉的一代的装束吗？他有点儿想不通，他最讨厌的是戴耳环的男人和穿男装的女人了，他又要了一扎啤酒，一阵鼓响，那个歌手开始唱了起来，她们的嗓音非常奇特，有一点儿男性的沙哑和低沉，他听不清她唱的歌词，但他听明白这是一首有关城市的情歌，在这首歌中，充满了东西南北这些具有方向感的词，田阳只觉得这个歌手的声音有几分悲伤。可是忽然他在她的脸上看到了一丝异常，他发现她的一只眼有点儿不对劲儿。凭着对自己的独眼的体会，他认定这个歌手的一只眼也瞎了。她怎么也会成为一个女“独眼龙”了呢？想起“独眼龙”这个词就使他深恶痛绝，在内心之中他升起了一些对她的亲近。一个独眼的听众在听一个独眼的歌手唱歌，事情就是这个样子的。

忽然，女歌手在灯光的聚光当中，为她那只死去的眼睛戴上了一个黑色的眼罩，她如同一个女海盗一样透漏出了一种粗犷的气息，这使田阳多少有些兴奋。一些人开始跳起了舞，由于音乐节奏不算很快，人们在跳着大幅度的摇摆舞，这使得田阳也禁不住摇动起了躯体。他站起身，走进了舞池，和他们一起摇摆了起来。他身材颀长，如同一棵风中抖动的白杨树，他的心中升起了快活的烟云。那个歌手向他招了一下手，他也一下子跳上了台，她把眼罩摘了下来，充满热情地对他说："快呀，戴上它！"田阳愣了一下，就戴上了眼罩，这使他兴奋极了。我也变成了一个海盗船长啦！一个警察变成了一个海盗船长？田阳有一种奇异的感觉，仿佛他完全变成了一个新的人，他不再是警觉的警察，而是一个领舞员，或者是一个海盗船长。他扭动躯体来使自己放电，他跳着摇摆舞，那个歌手在对着他的耳朵歌唱：

说出以后

以后会有更多的少年

怀念我，把每一种温情铺在阳光之下，

以后我依旧拥有一群一群爱我的人

我的朋友

他们在肖像之中听见诗句

我的倾诉。以后

会有更多的情人

她们为我担忧

宿命之中我就应当在地面上陨落

像一星火点。以后

为我自豪的人

为我感伤的人

春天的百花会更芬芳

然后凋落

以后，那些我所失落的和未曾有过的都会走向我

田阳被一种奇特的感觉给抓住了。他戴着黑色的独眼眼罩，像个伴舞的明星一样在跳着舞，那种舞步的节奏也仿佛是他的躯体原先就有的节奏，不过在今天被引发出来了而已。跳了一会儿，他把眼罩又剥下来给了那个歌手，微笑着走下了台。

他继续坐下来喝啤酒，他忽然看见了他弟弟，他弟弟正和一个身穿黑色裙子的女人在说话。在离他弟弟和那个女人的桌子不太远的另一张桌子边，有两个很“酷”的男人也在喝啤酒，其中一个人的侧影令他从记忆的落叶中扒出了某个人的面容。他眼前的火花闪了一下，他下意识地摸了一下肋间的手枪。他警觉地扫视了一下四周，盯着那几个人在看。

田畅来到“夜人”酒吧之后，不久就发现了他的哥哥，当时他哥哥田阳正在舞台上跳着摇摆舞，他觉得眼前一亮。他的哥哥在此之前还从来没有这样的激情表现，他欣喜地看了一会儿，但这时一团黑影向他走了过来。

“你好。”她说。她坐了下来，今天她穿了一件黑色的长裙。而且她涂的是黑色的唇膏，眼影也显得很重，只是她的头发被染成了黄色，那种十分耀眼的黄色。

“你改变了头发的颜色，你换上了黑色的裙子，你还用了黑色的唇膏。说说看，你昨天是怎样离开我的？”田畅冷静地看着她，“我又是怎样挨揍的？”

她在他对面坐下来，她的脸色有一些哀愁。“对不起，是我的大哥的几个兄弟袭击了你。他们把你的头打破了……”

“还让我的口袋里一分钱不剩。”田畅打断了她的话，“对吗？”

“不，不不……”她把头低了一下，“其实我不叫邓梅。我在骗你，我叫何铃，我真的叫何铃。我是从四川来北京一家学院进修外语来的。我的男朋友，我曾经告诉过你我有个大哥，其实他是我的男友。我告诉你，我吸毒，一开始我吸大麻，后来还吸更厉害的。我最近服用摇头丸，我的父亲在我很小的时候就去世了。”她停顿了一下，擦了一把从额角上垂落下来的，“你有兴趣听吗？昨天晚上和你认识我很快活的，我……”

“我有兴趣听，”田畅打断了她的话，“我也注意到你胳膊上的针眼儿。我有朋友吸过毒，我了解这个。我也尝过大麻，但我没什么感觉。只是我在迪厅做DJ，进行音乐吸毒。也许我们的方式不同，好吧，给我聊聊你吧。”

她有一些欣慰地吐出了一口气。“我觉得我的好多努力都没什么意义。我不喜欢现实的世界，它冷酷，它变化多端，我喜欢过刺激的生活。自从我来到这座城市，我被城市的庞大和多变的面孔所吸引。但这座城市不是我的城市，又冷漠无情。我不知道我还会怎么样，但在城市中漂浮已是我的命运，我不想再回到家乡。我没有钱，是我的男友给我钱。使我可以买到毒品。但最近我觉得他太过火了。我想我们应该算是罪犯，我曾经帮他引诱过有钱的男人，然后他们下手去抢劫。我怀疑他们还杀了人。我现在很害怕，我要摆脱他们，我要离开这座城市，但我不知道我是否会逃走，你能帮帮我吗？”她说话的声音如同在喘息的病人，她是急切的，这使田畅感到了内心一片冰凉。

他注视着眼前的女孩，感觉她只有二十岁，他觉得他喜欢她。从迪厅里第一次见到她他就非常喜欢她，这对于他来说已经是根深蒂固的了。他看着她，发现她有一些慌乱，有一些焦急，额头上还有几点汗珠。他伸出手握住了她的手，“好的。让我们一起去游历城市，然后逃离这里。我对这里的一切都烦透了。好吧，我会帮助你离开你的男友。我的哥哥是警察，我叫他把你所说的那几个人都抓起来就行了。”

“可你哥哥也会把我抓走的，我只是想离开他们，我不想受惩罚。”她焦急地对他说。

“好吧。我听你的。”他说，“我们现在就走，我先走出去，过一会儿你就出来，我们就离开你所说的人。”田畅刚说完，一个男人，准确地说是万鸥，他走过来坐在了他们的对面。

“喂，你的头还疼吗？”万鸥吸了一口烟，眯起眼睛问田畅，“你不许对她有意思，明白吗？虽然有一句话叫作‘天上的野鸽子谁抓住就是谁的’，可她不是一只野鸽子，你明白吗？”

田畅冷冷地看着他，“我不明白。”他说。

这时忽然有人用枪对准了万鸥说：“不准动！把手放在桌子上别动！”田畅一抬头，发现是他的哥哥田阳，他正在对着万鸥在吼叫着，气氛一下子变了，有人在尖叫，忽然一把椅子飞了过来，砸在了田阳的头上。他向一边跌去，但他开了一枪，枪声击碎了头顶的一个大灯。玻璃片四面飞溅了开来，大厅里有人在尖叫，一时场面大乱。在一些人的冲撞当中，万鸥和他的两个同伙逃了出去，那个歌手停下了唱歌，她木呆呆地看着酒吧里乱作一团的人群。当田畅把田阳扶起来的时候，他发现哥哥的头也被砸破了。酒吧里的人已经跑光了，只剩下了那个剃平头的独眼歌手在看着他们，“伤重吗？”田畅问他，“有点儿重。可我得去追那几个人。刚才你对面坐的那个人是我一直追捕的逃犯万鸥。我的眼睛就是被他打瞎的。我们快去追……”但他的眉头又立即地皱了起来，他觉得有些天旋地转。“快一点儿送他去医院，要快！”那个歌手走过来说。他们一起把田阳扶到门口，叫了一辆出租车，直奔朝阳医院。在汽车里，田阳问田畅：“那个女的是谁？你又和万鸥在说些什么？她是他的什么人？”田阳有些咄咄逼人地看着他，但他却一言未发。他决定不把何铃与万鸥扯在一起：“那个女孩是我才认识不久的，我正和她聊天，万鸥那家伙就走过来，说要她跳个舞。她对我说我同意才行。我看了她一眼就说我不同意。那家伙非常生气，他说要揍我一顿，这个时候你就举起了手枪……”

“她呢？她也跑掉了吗？是不是和万鸥他们一起跑掉的？”

“当时酒吧里很乱，我不知道她是如何跑掉的，她又去了哪里。”田畅说。他忽然想起了何铃，他觉得他要找到她，不管她跑到哪里，他都要找到她。他送他哥哥到医院做了紧急的处理与救治，田阳没有受到严重的肉体损伤。他在病床上指挥他的队友们去“夜人”酒吧的四周进行了大搜捕，但没有发现万鸥的任何行迹。“我一定会抓到他的。”田阳对在病床边守候着他的田畅说。“但那个女人是一个突破口。我总是觉得她与万鸥有什么关系，也许应该从她下手。你是怎么和她认识的？”田阳咄咄逼人地看着田畅。田畅把目光挪开，他在想他能够到哪里找到何铃呢？她会有什么危险吗？我们最终会离开这座城市吗？

一轮火焰的梯子横跨苍穹

每当夜晚来临，田畅的内心都被黄昏的阳光一样的音乐所充满。他现在很焦急，他决定尽快地找到何铃。如果她愿意，那么他将和她一起逃离城市。他给他所在的迪厅经理打了个电话，告诉经理他近来身体不好，需要休息。而实际上，他已开始了城市午夜的寻找。他走动着，在夜晚，城市在星光下密密地敞开，每一粒灯光都如同白昼的牙齿，咬破了黑暗。田畅走在密集的星光之下，他仿佛看到了一轮火焰的梯子横跨苍穹，他奇怪为什么他在城市的夜晚能够看见这样一副梯子出现在天空。他开始寻找，他沿着那些灯火辉煌的街道，沿着那些午夜行走的人的行迹，去追寻何铃，另一个在城市的蛛网上挣扎与迷茫地游走的女人。这一天夜里的游历照旧从“夜人”酒吧开始。他发现这座城市的迪厅的生意在日趋冷淡。也许还有更好的宣泄的去处，人们早已蜂拥离去，如同一阵风。不知不觉间，这座城市的各种酒吧却多了起来，酒吧也是别样一种文化，是一种充满玫瑰色、暗红色的时间消磨，是一个孤独者相互交流的场地，一些本不相熟的人，在城市的酒吧里坐下，聊天，谈各自关心的事情，从而切入对方的生命，又让时间碎片的形成的速度远离对方。

在每一间迪厅与酒吧中，田畅都在搜寻着何铃的身影。那是一团火红色或黑色的火苗，在他的期盼中跳跃。但他总是失望。他喜欢盯着那在酒吧吧台上方倒悬的一些透明的高脚玻璃杯，它们会随着他的走动而在一瞬间闪耀出奇异的光亮，让他的眼睛陷入一阵灿烂的迷离。

到了很深的午夜，大约是一点钟，他在城西的一家具有拉丁风格的酒吧里看到了何铃。她一个人坐在那里。田畅的心头涌起了一阵狂喜。他朝她走了过去，他坐在她对面，他们的眼睛都闪现了一瞬间的火苗。他看着她，觉得她有一些疲惫和憔悴。

“你哥哥，他怎么样了？”她的声音平缓而又动听，但含着一丝孤寂与焦灼。

“他还好。”他盯着她：“可我没想到你是万鸥的女朋友。我哥哥的眼睛就是叫他给打瞎的。他追捕他已有好几年了。”

“他叫万鸥？我才知道呢。他一直告诉我他叫王山。不过，我从昨天晚上开始已离开他了。我想回家去，离开这座城市我不要再吃摇头丸了。”

他沉默地看着她。她在喝一杯白葡萄酒。他也要了一杯酒，是一种殷红色的澳大利亚干红。“为什么要离开城市？”

“因为城市是一个祭坛。因为城市是一个战场，因为在城市中更多的人在厮杀，到处都是流弹在飞。它的抛物线构成了一个奇异的世界，在这个世界中，你一不留神儿，就会沿着一条抛物线，从上到下，结束一个轨迹。我很忧郁，因为在今天，城市已成为我们无所逃避的场所，我们必须在这里死，在这里生……”

他们在谈论城市，他们谈到了很多东西，在今天，在城市的下水道中，靠偷吃人类的残羹剩饭老鼠已长得如小山羊一样大；一些孩子刚生下来就得了白血病死去，他们血液里的白细胞的增加已毫无缘由；一些青年人得了原因不明的恶性肿瘤，在细胞的战斗中痛苦地成为城市火葬场的列队被检阅者，化作轻烟飞入云霄。人们被汽车尾气所袭击，皮肤上已开始长出了各种疣类和红色血斑。每一幢楼层都在隔离着一个一个的人与家庭，分割他们的空间，让人们忍受孤独，远离地气，在钢筋水泥的牢笼中了却一生。城市早已如同一架极其精密的机器，你一生下来，你就被各种证件所包围，你被认证、被规定，你得在相应的地区就学，你要跨地区考入重点学校就得成为高考分者，你脱离不了这些认证，你的每前进一步都在丧失，丧失童趣，丧失快乐。城市还是一个巨大的剧场，一些人是主角，他们走上台去，表演一番，旋即再也没有人去谈论。城市人的生活是整齐划一的，每天早晨，他们黑压压地出动，使用被电视和报纸广告所充斥的牙膏、香皂、洗面奶以及其他各种化妆品，他们骑自行车、坐电车、乘地铁、坐小轿车、驾驶私人飞机去上班，去消失在那些有些巨大的玻璃幕墙和爬满了爬山虎的老式土楼里，辗转于复印机、电话、传真机和办公桌之间，被上司训斥，埋头于那些数不清的文件与档案中。人的一切都将被量化，数字化。而人也被社会化了，人是一切社会关系的总和。在各种各样的城市空间中，到处都是无意义的或纯属礼节性或问候性的握手与交谈，话语千篇一律，意义在词语的暧昧与泛滥中被抽空，人们没有了在私密空间时的对镜自描，对镜化妆，以及对隐私处的观察与怀疑。人们就这样生活着。更多的人是麻木的，庸常的。可人们还不知道这一点，媒介上传播的各种信息，充斥在人们的生活和大脑中，这些信息早已代替了知识在运转，交换与大面积流传。人们如同鼠窜，在 CD 唱盘、CT 检查与传媒工业、电脑网络的规范中成为一种新人，此外，人还是一些什么？

他和她在那家酒吧里谈了如此之多，以至他们都多少有些吃惊。可重要的是他们要结束这种关于城市的形而上学的描述了，他们要进入对他们自身的处境的谈话中。

“我哥哥也在想着要找到你。他认为你是他可以抓到万鸥的一个突破口。”

“你怎么看？”她眯起眼看他。

“我当然也希望你能帮我哥哥，抓到万鸥。我忘不了他那种阴沉沉地看着我的样子。他天生就是一个城市罪犯。”

“不，也许他只是偶然成为罪犯的，但从此他就再也无法成为另外的人了。我所能提供的东西也不多，你哥哥找到我，我也只能提供一部分证据。他干的任何重要的坏事，我都不在场。你相信我吗？”

“……我相信你。但我认为你现在也非常危险，万鸥也一定在四处找你。也许他担心你会告发什么。昨天他没有和你在一起？”

“不，枪声一响，我就溜走了。那一刻我非常害怕，我想我妈妈，我想逃走，就是这样的。”

“我们一起逃走吧。要不，我们一起去问一问我们所碰到的人，问他们为什么在生活着，他们为了什么而不离开城市。”

“我觉得我有点儿傻。你是怎么发现我今天坐在这里的？”

“我就一家酒吧一家迪厅地找过来的。我想我一定要在这座城市中找到你，后来我就找到了。”

“找到了我呢？什么感觉？”

“平静了。就是这样。”

“怕我出事？”

“对。我看你完好无损，就放心了。”

她的眼睛有些潮湿，她说，“我们刚才都谈了些什么？你看，两个小时都过去了。人真的是非常的有趣，毫无意义地谈话可以使我们如此地消耗生命。归根结底，我和你不是一类人，田畅，你是这座城市的主人，你从小就生活在这座城市中，你一生下来就有一个保证，而我，不过是一个流浪的女人，一个和罪犯搅在一起的女人，毫无意义与价值，只等着成为罪犯的同谋或是有罪的证人，被你哥哥抓起来关进监狱。说到底这就是我们之间的关系。我无可救药，我吸毒、跳舞，我什么也给你带不来，你为什么还要找我呢？在这座城市中，我连开一个小店的能力都没有。我没有什么资本，我想做个现实主义者，可我又在梦想中飞翔。我来到城市，却变成了这个样子。我知道你是代表你哥哥来的，你要把我交给他，对吧？”她冷冷地看着他。

他也盯着她看，“你是一个特别的女孩，你无论哭还是笑都有一种美。我已被你给迷住了。就是这样。我想跟着你，远走他乡。我不想把你交给任何人。”

“好吧。”她低下了头。

“我们走吧，”他说，他们站起来，但他们忽然看见有几个人闯了进来。“是万鸥，”何铃说，“是万鸥，他正在找我们，我们赶快到那边那个门那里去。”他们手拉着手，在灯光的暗影中向一扇门摸去。“他要在这座城市中找到我们，他会杀我的吧？他觉得我知道了他太多的事，他一定会杀我的，对吧？”何铃有些害怕，她在发抖，他们靠着墙在门后站了一会儿，他们停了一会儿，就溜了出去。

他们都觉得有些冷。城市的午夜中，如同有着某种暗流，在空中缓缓地流动，带动着冰川滑动的声音。他们都听到了。但今天夜里，城市的夜空非常迷人地出现了一种青白之色，如同在水中浸泡的颜料，在轻轻地荡漾开去。那种光波移动的感觉非常奇特。远远地望去，路上奔跑的全部都是载重卡车。远远地望去，城市三环高速公路上，一辆又一辆装满了被帆布盖牢的货物的卡车安静地列队行驶，而在便道上，则是马车在疾行。处于昏睡状态中的马车车夫在低头打盹。马车和载重卡车是夜间才准许穿越城市的动物，它们的行驶有序而又昏暗，安静而又神秘，在青白色的天空下如同脱节的长蛇。

田畅和何铃在夜幕中疾疾地奔跑，他们如同逃逸的鱼。在他们体内鼓荡的是一种奇异的风。风使他们的臂膀又生出了风。这是大地向上不断升出黑夜的时辰，是美的时辰，也是花园开启并向黑夜天空说话的时辰。他们发现他们已来到了一个大型公园的一侧，“翻进去，”田畅说。他们翻了进去，田畅在墙内接住从花墙上飞跃而下的何铃，他感到她的身体非常轻灵、柔和，散发出甜香的奶气，他们在花墙下紧紧拥抱住，并吻在了一起。

这肯定是吻中之吻，是在金属城市与虚无的爱中的着力一击，是相遇的火花在闪动。他们吻了一会儿，开始在公园中飞跑。由于是夜晚，他们的飞奔如同月光下的飞鹿，他们跑着，但他们知道公园看门人早已睡去，他们找到了一片草地坐了下来，他们相拥而卧。青草在细密地向上，仿佛要长入他们的身体。他们躺在那里，用手枕着头，探望夜空。夜云飞速地奔流，如同空中行军的队伍。没有鸟在谛听，他们觉得他们已不是现实中的人，这一刻他们褪尽了社会学意义上的一切，他不是DJ，不是唱片骑师，他是生长着的一棵树，他被雨露滋润着，他忘掉了那些在迪厅中像树枝摇动的平面人们，而她，则已开成一朵小花，她没有浪游，没有严酷的生活锁链的锁铐，没有了孤独。他们褪去了其他的人，社会，集体，制度，以及城市加到他们身上的东西。他们变成了两条浅色的鱼，在夜晚的天空下游动，在草地的风中游动。他们相拥而眠，仿佛青草和黑夜已渗入了他们的身体里。他们在爱着吗？他们相拥而进入了岩浆与花朵所充满的睡眠。这是月光下公园草地上的一次做爱，一次相遇，抛弃危险与无聊，抛弃忧愁与烦恼，抛却了空虚与寂寞，在夜晚流云的天空下游动。

迷恋着女人的密码和群星

他们决定逃离这座城市，但他们都知道一些人在找他们。找他们的人由警察和罪犯构成，找他们的人在寻找线索、弟弟、女友和可以被灭迹的证人。他们在逃离之前打算再游历一次城市，去看看在城市中成长的青年人的姿态。他们打算去变成月光下的植物，静静地互相谛听，或者如同附着于岩石之上那幽暗的苔藓。天亮了，他们双双出发，他们打算避开来找他们的人，重新进行一次对城市的巡视。

九点钟，他们已到了一家很大的电子游艺厅，在这里的人全部都是兴高采烈的年轻人，他们每一个人都沉溺于各种电子游戏的短暂快乐之中，人人在与机器的程序和智力捉迷藏，而机器却在吞吃金钱，换句话说，机器以金钱为食物，它才愿意与你继续游戏。在电子游艺厅里待着的全是年轻人，他们快活吗?

田畅和何铃拉着手在大厅里走动，各种游戏都在进行中，那些早已被设计好的程序被操作着，溢现在年轻人的嘴角的是一种简单的快乐。他们在游艺厅中游走，发现了一个非常好的游艺项目。那是一台可以上下升降的机器，有一个头发染得蜡黄的年轻人，正坐在机器上上下飞舞地玩儿。他们站在一边看，出现在屏幕上的是一个绮丽的世界，那是奇幻的，现实世界中没有的世界。如同美国西部红褐色的大戈壁上，操作者所代表的一个奇异的有翼生物在前行，但总有什么企图阻挡住它的道路，阻挡它的可能是突然从地面上长出的一朵古怪的蘑菇，或者是从斜刺里杀出的一条飞动的巨大蜈蚣。但它运用各种枪弹在射杀，在前行。这个黄头发的小伙子玩得非常地道，他上下升腾，玩儿得非常在行。他几乎消灭掉了挡在他前面的很多玩意儿，他通行无阻，几乎就没有叫贪婪的机器再吃进去代用币。田畅和何铃有点儿傻了，他们俩站在那人后面，看着他在游艺机上前进，在奇幻的世界中前进。玩了一会儿，那个黄头发小伙子从机器上下来。

“嗨，有趣吗？你觉得这电子游艺机有趣吗？你是天天来玩儿吗？这估计要花掉你多少钱？”田畅一连串问了他好几个问题。

“有趣，当然有趣，没有比这更有趣的了。我就喜欢跟机器闹着玩儿，因为说到底它是机器，你说对吧哥们儿？告诉你吧，我原来在饭店当调酒师，后来我烦了，我不再想老是和瓶瓶罐罐打交道，这使我像一个小巫师。我就来玩电子游戏机和老虎机。我只花开动这机器的头几个币，然后基本上就一路杀了下去，无人能够阻挡我。这种程序没什么，在玩的时候你一定要眼疾手快。我每天要在这里打三个小时，直到机器告饶为止。机器告饶你猜它会怎么说？它会发出奇怪的咕噜声。咕噜咕噜，我就知道它告饶了，不想和我玩儿了，我就歇手不干了。我每天都把这些机器揍得它们咕咕告饶为止，然后我再玩老虎机，叫它把我一开始玩时投进去的币吐出来，不多不少，一共四枚。我每天只带这四枚币在这里玩上三个小时，主要是叫机器向我告饶，我很快活。”这个黄头发的青年人很高兴地说，他很神气地收起了硬币，走了。

他们走到了一个投篮的地方。有一个小胖子正在快速地投篮，他不停地投着篮，一个都不差，那些篮球飞快地又从下面滚出来，而他又接住，然后再快速地扔进去，如同传说中的西西弗斯一样，将巨石扔上山顶，那巨石立即滚下来，于是他就再一次不停地向上扔，周而复始，永无休止。这个人也一样，他非常专注地把那些篮球一个不剩地扔进篮筐，但旋即那些被他扔进去的篮球又再被吐出来，他如同一个机器人一样，双手不停地做着两个机械的动作，让那篮球在运转不停。

他们俩就那样呆若木鸡地看他投篮，看了二十分钟那个人都没停手。结果还是那个胖子把篮球一扔，冲他们嚷嚷了起来："烦死了，烦死了，你们盯着我看干吗？难道这又有什么好瞧的吗？"

"你为什么一直都不停地往里扔球？你天天都这样干？"何铃吃惊地问他。

"那我还有什么办法？我没办法，我离婚了，或者说我老婆离开我了。我叫黄凯你们猜她是怎么离开我的吗？她是一个发烧友，她整天就在摆弄那些发烧音响器材，以及各种的 CD 唱盘和唱片，都几乎疯狂了，然后终于有一天她发现自己应该一个人过，就一脚把我踢开了，就因为我无法和她一块儿发烧。我又不是一个病人，我当然不想和她一起发烧。她就走了，你猜她现在整天都干什么？她天天在家中，把门窗关严了，然后在房间里听她的发烧音响，她把她的屋子都弄成了一个小的录音棚！你说她不是病人又是什么？喂，你们过来，"他忽然面露诡异之色，他把嘴贴近了何铃的耳朵，"这座城市充满了病人。真的，到处都是病人，像我老婆这样的病人。现在她一下班就去摆弄她的发烧音响，而过去她一下班就摆弄我。这太不正常了，你说我能咽下这口气吗？于是我就天天来这里玩游戏机，然后我变成了一个投篮机器，这真叫我快乐，我忘记了一切，我天天来这里投篮，我真高兴。"

"那你不觉得你也是一个病人吗？你天天就来这里投篮，难道你不是一个病人？"田畅多少有些天真地问那个胖子。

"我黄凯是一个病人？呸，你们才是！我一个人在这里玩得好好的，干你们什么事？你们却非要来骚扰我，叫我不快活，滚蛋！”他怒吼了一声，不理睬他们俩，自己又开始投起了他的篮球。

他们俩站了一会儿，胖子根本就不理他们，然后他们就走开了。“一个残缺的人，生活残缺者。他自己也是病人，他还不承认。”田畅对何铃说。

他们继续在大厅里晃荡，这使他们觉得自己就像是两个包打听，或者是来刺探城市人心灵情报的密探，他们会意地相视一笑，觉得这最后的城市游历还是非常有趣的。大厅里响着游艺机的各种声响，摩托发动声、赛车行走声、机枪扫射声、飞机轰鸣声、炸弹爆炸声、麻将和牌声、死人惨叫声、拳击比赛声，混合成一种驳杂的音乐，色彩斑斓而又平淡无奇。他们到达了弹子房边，忽然，弹子房传来了一阵阵悦耳至极的音乐，那种节奏简单明快的音乐响彻大厅，只见有一台机器哗哗地往下掉代用币，一下子下来了有几百枚，按每枚五元钱计算这些代用币就可以值几千元。一个女孩，确切地说看上去是一个只有十七八岁的少女，欣喜若狂地把那些代用币全部上了起来，“我赢啦！我赢啦！”她高兴地呼喊着，田畅和何铃走过去，“小姐，你经常赢吗？”

“不，不，这是我一个月来第一次赢这么多。”她用手摸着那些硬币，田畅忽然发现她是一个盲人。是的，她是一个盲人，她轻轻地用手在点数那些币，但她的目光却是空洞的，空洞无物地盯着屏幕上的什么东西看，而目光却又久未离开。

“你看见了什么？”何铃问她。

“我什么也没看见。我只知道我赢了。”

“你的屏幕上是三个九，你得了大奖，你可以得到一辆夏利车，这是这里的规矩。你很激动吗？”

“不，我不激动。”

“你会拿那辆车干吗？”

“把它卖了。”

“卖了得的钱用做什么？”

“为了死，为了疾病，为了一切我可能遇到的灾难。我不知道你是谁，向我问话的人，但我知道我活着是多么的难。一生下来我就是一个豁嘴，我长到二岁时就经历了手术。一直到今天，没有哪一天我不是在病中，我得过各种各样的病，我的眼睛也在一次观看足球的过程中瞎了。足球！这是城市戏弄人的游戏，我坐在足球场上，忽然，那天空中响起了一种奇怪的声音，我侧耳去听，但我什么也听不到。我和父亲回到了家中，就在我家隔壁的一家化工厂爆炸了。一些东西飞上了天，在爆炸的一刹那我刚好走在化工厂的边上，我看见一团刺耳的白光打在了我的眼睛上，于是立即就被抛了起来。后来我被救活了，但我却瞎了。那次爆炸一共死了六个人，一条河被严重污染，一千人得了呼吸道疾病，空中掉下来三百多只死鸟、一条河中浮起了千万条翻着白肚皮的死鱼！这就是城市带给我的一切。我去上盲校，我学会了用手去辨认一切。但我已经见过的东西我却无法忘记。每天，我都生活在被想象力所残酷折磨的黑暗中，忍受着孤独。但我在这里找到了我的字母，我的声音与颜色，那就是不停地打弹子，一下又一下，然后等着倾听那最美妙的音乐。然后某一天，忽然，就像今天这样，我面前的机器快乐的鸣唱了起来，哗啦啦地，从上面掉下来那么多的硬币。我就拥有了一辆轿车，这样我可以叫我父亲去开它，而我因此去周游很多地方，去嗅闻那里的空气。归根结底我是个瞎子，我就喜欢待在这里，你们还想问我一些什么？”

田畅看着何铃，他们都被说愣了，“不不，够了，我们什么都不想再问了，谢谢，祝你好运！”他们与那个盲少女握了握手，走出了游艺厅。

他们来到了大街上，但仿佛是一阵风刮来，街上已经到处都是行人，他们兴高采烈，仿佛是从地底下钻出来的一样充满了大街。他们想尽快忘掉他们在电子游艺厅所见到的残缺者的面孔，因为他们都给了他俩沉痛的东西，这些人好像生活在黑暗之中，像被某种东西遗弃的种群，沉溺于那种极其简单的快乐，他们全是平面人。又有一些人欢快地拥入了电子游艺厅，这是苍白和被削平的一代，田畅悲痛地摇了摇头。“我们去哪里？”何铃问他。

“我们去那些商场和购物中心看看吧。我哥哥和万鸥绝对想象不到我们会在商场中转来转去。商场是城市的主要景观。在这里，交换是基本准则，我们去吧。”田畅刚说完，他们立即听到了一阵鞭炮声，那是仟村百货商场开业的庆贺鞭炮声。他们两个人立即像水中鱼一样，拨开人群向商场浮游而去。

仍有活力的旧鞋

人，倘若你从高处看他们，那他们必是脆弱不堪，渺小至极，如同某种蠕动在沙地上的爬虫，以不可思议的缓慢动作在活动。因此从高处来看人，人将是可悲与可鄙的，他们的行为、动作与目的都有值得怀疑之处。这是萨特的一个短篇小说的内容。现在，田畅和何铃就有这样的感觉。

他们现在坐在一家大型商场的露天咖啡厅里，这家商场是一种连体建筑，由三座大楼构成，如同三座巨大的碉堡，它的内部有自动电梯、名牌专卖店、紧急出口和快餐厅，有儿童玩具和家用电器，有床上用品和鲜花干花，有办公用具和各种家具，有钟表餐具和健身器材，有所有的东西，人们生活中需要的所有的东西。

他们就坐在临街的位子上，这使得他们可以看见下面的人群。这个咖啡厅伸在半空中，像被一只手臂托着，又像是一把平伸出来的小提琴。

他们刚才逛过了商场，从一层到八层，从第一座到第三座，每个商场他们都去逛了，每一面柜台，每一个来这里的人他们也进行了观察。

“我都有些受不了了，刚才再在里面多待一会儿，我的心脏就会狂跳不已，每分钟要跳到二百下以上。刚才就差一点儿，”田畅说，他还觉得有点儿头晕。

“为什么？你过去有这个毛病吗？”何铃关切地伸出手来摸他的头。

“不要紧了，只要一坐在这里就没事儿了。身处于这么多人中间我的确感到紧张万分，我害怕这么多人，你说他们都到这里干什么来了？”

“来买东西呀，这还用问。”

“我们来干什么来了？”他问她。

“我们？”她摆了一下，“我们来这里是为了在逃离城市之前，记住城市。为此，我们进行城市中最后一次旅行。”

“对了，”田畅恍然大悟，“我差一点儿把这件事给忘了。我们去了电子游艺厅，看到了在那里的人，很多幽闭的人。我们来到商场，又看到了在这里吞噬物又被物吞噬的人的。”

“为什么人们有疯狂购物的需要？为什么人们要买那么多东西？这些东西难道不会使他们生活得更糟糕吗？人们以为把各种物品占有，我们就会生活得更好，可实际上，物已挤压着人，把人的灵魂挤出了身体，挤到了天空之中。”何铃说。

“你真聪明，”田畅说，“我大学时代学的是哲学，但我还没有你表达的好。我们自然可以从高处来看他们，但实际上，我们也是他们中的一员。”

他们过了一会儿，不谈论了，目光都转向了大街。大街，城市的硕壮的血管，城市中所有的红细胞和白细胞，血小板与其他东西都在这血管中流动。它们是人群，自行车，汽车，从两个方向来，又向两个方向而去。从高处看，大街伸向更远的地方，那里雾气升腾，人们在地铁站中出出入入。

“我们还需要记住城市的什么？”何铃问田畅。

“我们还要去记住城市的标志，城市中的落日、电影院、垃圾处理场、下水道、火葬场、飞机场、酒吧、大饭店、胡同与小巷、有轨电车道、地铁、寻呼台、岗亭、公交车专用道、路灯、医院和火车站……我们要记住它们，然后我们就离开城市。”

“可离开城市，我们又能够到哪里去呢？我们又准备乘坐什么样的交通工具来离开城市？”她问他。

他在想。“乘坐什么样的工具？乘坐飞机、火车、轮船，这些交通工具都是从城市到城市，除非你从半途中下来。从飞机的飞行中下来，如果不带降落伞，那么你就把你交给了白云，被白云和万里晴空撕碎。倘若带降落伞，你就会降落在大地之上，看到农田与农民，看到秀美的山川与河流，你就会降落在牧场或是农舍前。如果从火车的半途跳车而下，我们看到的同样是朴素的农舍、小城镇、山川与岩石，蛛网与河流。轮船也是，我们跳下来，我们会游进那些支流，再从支流上溯，我们就会到达山间小河，再从小河上溯，我们就会找到小溪，再从小溪上溯，我们就会发现地下的涌泉，我们找到了源头，在那里安下家来。"

"也许还能生儿育女？"她笑了，"可现在，我感到空气十分窒息。城市的空气中有一种热烘烘的臭气。"

"我想了一个好主意，"他说，"我们可以乘坐鸭形游船，那种只能坐两个人的脚踏鸭形船，沿着护城河一路向东，再向南，从护城河出发，到达玉渊潭公园，再到达颐和园，再经过京密引水渠，找到京杭大运河的入口，然后向南而去，然后再去上溯，沿着一条河流上溯。""这倒是个好主意，"她说，"这是个好主意。可我们还是先在城市中体验足了再说吧。"他们坐在商场上的咖啡厅中不说话了。实际上，他们都明白，他们很难离开这座城市，城市是鸟巢，而他们飞鸟。但现在，必须要把他们与城市，他们与周围的人的关系，清理出来。

"现在，万鸥要找到你，要灭口。你知道他一些什么事？"他问她。

她有一点委屈，"我真的并不知道他的很多事，我后来觉得他是一个罪犯，我隐隐约约觉得他是一个罪犯，我决定离开他。可能我有意无意听到过他们的一些谈话，我觉得他可能杀过人。我可以说出他的一些行踪，但我无法说出他到底干什么了。"

"我还担心的一点就是我哥哥如果发现你了，他会把你关进拘留所，非要叫你供出来一些什么不可。我也不能让他发现我们。咱们在旅馆里已经住了几天？"

“好几天了。”

“再过一天，我们再过一天就离开这里。在城市中，我们要看够那些风景，那些平面人的风景，然后我们再离开这座城市。我在想我哥哥一定能抓住万鸥，即使我们没有帮他他也能抓住他，那样我们再回来，再开始我们的生活。我们去努力生活，努力挣钱，去买房子，买个大电视，找个好工作，周末去度假，或者一起去旅游，我们拥有信用卡、影碟机、录像机、保险卡、驾照、健身器，我们像常人，像所有正常的人的那样，像城市中的大多数人那样去生活。”

“说来说去，咱们又说回来了，从逃走又回来了。那我们还能去哪里？离开了城市，吸不到这布满了粉尘的空气，我想我们反而不习惯了呢。”

“不管别的，”他拉起了她，“我们去进行音乐吸毒吧。在今天，我要去再当一次 DJ，然后我们就沿着护城河漂流下去，不管漂到哪儿，不管回不回来，我们得先去漂流。好不好？我们去听音乐会吧，去三味书屋听瑞典大使的萨克斯演奏，去国际艺苑皇冠假日饭店听小提琴演奏，然后我们再去‘红太阳’迪厅，我去做 DJ，我要再做一次 DJ，然后……”

“然后我们就顺着护城河漂流下去，”她说，她有些兴奋，“我还有一个问题，什么是平面人？我老听你在说平面上，可什么是平面人？”

“平面人，”田畅想了想说，“平面人就是沉溺于声像文化的人。你说我们是吗？”

“我想应该是吧。我们就是平面人，但我们要逃走，你说对不对？”

逃命的梯子

田畅拉着何铃又来到了一家酒吧，这是位于三里屯南街的酒吧一条街。这条街上的酒吧各有风格，有德国风格，也有美国乡村音乐风格的，这里有法国风格同时也还有纯粹意大利风格的。田畅打算再去这里唱上几曲，他们进去的是一家乡谣俱乐部，这里的装饰简单质朴，他要在这里唱上几首，但那里却已经有人在唱了。他与老板说了一下希望能唱上一首歌，老板同意了。于是他唱了平克 佛罗依德和洛克塞特乐队的几支曲子，这家酒吧不大，四、五张桌，再加高脚椅，这家酒吧中坐了大概有几十个人。男男女女都在听他唱歌，但不知为什么，田畅突然觉得非常的忧伤，忧伤是一种病，它在你最焦虑的时候使你的灵魂还乡，这种忧伤非常的巨大，它如同一股突然暴发的洪流，从一个他从来也没去注意的地方流泻出来，就在城市的夜晚，就在酒吧中，在一种烟雾缭绕的山洞般的气氛中在他们心中涌现了。于是，他用日语唱了那首《草帽之歌》。

是的，这时候仍旧是夜晚，霞光流水，夜色无边。一个诗人的声音在这一刻响起来：

我将许许多多话语堆叠在一起

我用语言轰开灵魂铸成的城堡

铺成的路很长很长

都是通向你们

我替你们打开乐园之门

替你们抹去梦的边境是为了向你们伸出我的手

以后也会有很多人铭记我的诗句

一如你们从我的灵魂之上走过

道路宽广

是因为我胸怀人类

你们听见了教堂的钟声

我堆叠起鲜花般的语言

你们的全部幸福。所以在很久以后

你们也坚定地活着

我祝福所有生者

也为死者奏响安息曲

谁也不去惊动。人类短暂

那么我的微笑地久天长

地久天长地向你们伸出手。你们

一路平安你们

一生平安……

这是在田畅内心响起的一个诗人的诗句，在他唱这首歌的时候，他的内心之中突然产生了一种大悲悯，他知道，即使是明天来到这里，这里的很多人，绝大多数他都将碰不见，他们来来去去，他们生老病死，他们消失了。田畅的内心的那种忧伤和悲悯是如此巨大，他唱完了那首歌，回头忧郁地回到了座位上。

“你好像突然之间有一种忧伤的感觉，你怎么了。”

田畅泪流满面，他看着何铃，“有一天，我们今天在这里的所有人都将消失，我和你也将消失，那些音乐也将消失，孩子们全都长大成人，而老朋友则全部死光了。我突然有一种要改变生活态度的愿望。”

“什么意思？你要改变什么样的生活态度？”

“人的一生，不是做加法就是做减法，大致只有这两种活法。”

“什么加法和减法？”

“加法就是当你一无所有的时候，比如我们，我们就一无所有。我们打算拥有钱，拥有更大的房子、汽车、信用卡、大哥大、音响、高级相机、人寿保险、大电视，拥有一个好老婆或好丈夫，再找个好情人，总之这一切，这一切物质的东西都要我们去努力挣得，于是我们拼命学习，取得各种资格证书，然后转证上岗，勤勤恳恳地工作，直到有一天，这些想要得到的东西就哗的一下子全都来了。这就是加法。加法就是一个人不停地奋斗，奋斗，竭力使自己拥有的一切保值增值。这是一种积极向上，或是大多数人都遵循的一条道路。比如我哥哥，他就是这样的一个人，他的一生就是不停地做加法，不停地奋斗，他抽屉里的证书已有一大沓了。他现在没有多少钱，但他以后会有的，他现在没房子，但他一结婚就会有的，只要他努力，有些东西他就能做得到。这是一种健康向上的人生。”

“那么减法呢？”

“过去在欧洲，具体说是在英国，有一个贵族，他拥有世袭贵族头衔，拥有大片的土地，拥有豪华的住宅，汽车和很多钱，有漂亮的女人，有一般人所羡慕的一切。但他的一生都在做减法，他把他的城堡送人了，自己只住很小的房子，他把他的钱也分给穷人了，他对他的世袭贵族头衔也嗤之以鼻。到最后，他只保留了一个忠实的女仆和一大房子的书。他认为书才是他最重要的财富，那些书使他得以和死者说话，得以拥有更丰富的精神世界。”

“可你是在做加法还是在做减法呢？”何铃问他。

“这就是我最矛盾的地方，一方面，我也很想做加法，我想拥有使人的生活方便的一切，我也打算努力工作，勤劳地挣钱，但我却又觉得最终我就算得到了这一切又怎么样了呢？我的价值最终与我拥有的这些东西是等值的。这使我难过。可做减法呢，我无法去干坏事，当一个人什么都没有的时候，如果他再去做减法，那么他只能去做坏事了。去偷盗、去吸毒、去撒谎，但是我不行，我做不到这种减法，于是我就变成了一个平面人，我放弃了那种真正的思考，我沉湎进了各种流行音乐和摇滚音乐，我不看书也不看报，我除了听磁带就是听 CD，看 VCD 和录影带。玩电子游戏和电脑互联网，每天都被各种信息垃圾填满了脑袋。我不再去看书了。但是，我现在不知道我是在做加法还是做减法，我不知道我该怎么办，该走向哪里。因此我很忧伤。”

何铃看着他，她的目光之中有一种深深的关切。“你说要顺着护城河漂流而去，可我们真的可以离开城市吗？”

“是啊，”他低下了头，在喝一杯十二年芝华士酒，“我是在城市中，我渐渐地变成了一个平面人，而城市规定了我们，改变了我们，塑造了我们，我们毫无办法，我想，我们还是逃走吧。”

“你们逃不了的。”有一个声音说。

他们转眼看去，他们认出来了，是万鸥，尽管他戴了太阳帽和假胡子，但他们仍旧认得出来。他堵住了他们，他用鹰一样的目光盯着他们，“你们想往哪儿逃？”

“顺着护城河漂流。”田畅淡淡地说。

万鸥愣了一下，他忽然狂笑了起来。“……顺着……护城河漂流？”他大声地笑着，假胡子在剧烈地抖动着。忽然，他拔出了一件什么东西，对田畅说：

“你哥哥把我们另外两个兄弟都抓起来了，现在只剩下我一个人了，我要和他拼个死活。你说你们想要逃走了已经晚了！你们是我的人质，现在就跟我走，稍有不从，我就开枪打死你们。走，走吧。”他命令道。

田畅和何铃交换了一个眼神，他们站了起来。他们都知道而且相信万鸥是一个残忍的家伙。酒吧里人越来越多，一群装束怪异的年轻人涌了进来，音乐更狂暴也更忧伤了，这完全是一个平面化的世界，在这个世界中一切物体都在音乐中变形。他们刚走出酒吧的大门，就看见有人扑了上来。枪声响了，田畅和何铃立即趴在了地上，他们滚落到一边，便于逃跑的地方，逃走了。他们真的想逃离城市，他们乘着夜色逃走了。

从那座被彗星撞空的山巅上，飞来雄鹰，宣告诗人之辞

我叫田畅，我曾经做过DJ，我过去学习哲学，但现在我是一个平面人，我有一个哥哥叫田阳，他是一个非常优秀的刑警，就在不久以前，在一家酒吧，在我决心离开这座城市的时候，杀人犯万鸥发现了我和何铃，但一

出酒吧门，我哥哥带着另外一个警察就扑向了他，枪声响了。我哥哥和万鸥都中了弹，他们用枪打死了对方。至于我，则非常伤心，我和何铃打算告别城市，我们进行了一次漂流。我们沿着护城河漂流，我们在星光流溢之夜进行了一次漂流，但我们没有漂离城市，我们只是环绕着整座城市漂流了一圈，天亮的时候我们的小艇接触到陆地了，我们上了岸，可我们发现我们仍旧走在城市之中。

是的，的确仍是这座城市，当熹微重现，整座城市像一座岛屿一样从我们的眼前浮起来的时候，我们看见了一座崭新的城市。这是一座极其友善的城市，它那清新的颜容我还是第一次看见。因为许久以来，我们都是在夜晚生活，我们是夜晚的狂欢者，黑夜中的虫子，我们吃黑夜这树叶，我们是夜晚的主人，但是白昼降临，我们许久以来又一次看到城市时，我们震住了。

它生机勃勃，因为到处都是苏醒的人在走动，他们整装待发，为新一天的生活而奔忙，他们全部都是做加法的人。我们站在一座过街天桥上，从四个方向看城市。城市是流动的，是生长的，是慷慨和清新的。突然之间，我和何铃都有一种感觉，那就是，我们要告别夜晚，告别平面的生活，直接进入白昼，对，从这一天直接进入白昼然后去做加法，去努力地追寻生活之中坚实可靠的那一部分，我们要去努力工作，努力挣钱，买房子、买车、买个大电视、生个小孩、孝敬父母，去承担生活中最劳累和最平庸的那一部分，向前冲！是的，这是我们漂流了一夜之后的想法：向前冲！冲到生活中做个具体的人，我们都闻到了清晨的空气，这种空气足够我们呼吸下半生，去向前冲！

（作者注：此文标题系引用画家米罗的画名，两段诗歌系诗人京不特的诗句。）

波浪·喷泉·弧线·花园

第一章　波浪（独白）

“我看见了那波浪，”张丽说，“可它并不是海中的波浪，它像海浪，但它是沙子的波浪，一波一波从一些沙丘上向前涌，向铁路这边涌来。”

“它是城市喷泉，是城市嬉水乐园中的小波浪，我就泡在里面，我喜欢这类人工波浪，它像无数个湿润的小手指抚摸着我的身体，我觉得我很舒服，我的身体非常棒。”徐天心说。

“不，它不是沙之波，也不是游泳池中涌动的人工波。它是一种声波，当我站在舞台上向下看，我看不见他们，他们只是黑压压的一群，他们像是某种死灭的星星，他们的嗡嗡声，他们鼓掌或是向我喝彩时像是波浪涌动，过去我害怕这类波浪涌动，但是现在我非常喜欢这种波浪的涌动，使我感到我像是站在波光上前行。”方可欣说。

“但是波浪是不存在的，如同一切直线都可以被分解成无数个点。波浪也是这样，它由一些小浪花构成，是真正地涌动着却又从不存在，如同我看见整座城市中的人，他们就是波浪，从早到晚，这人的波浪涌动在每一片街区却从不停歇。”胡岚说。

“什么是波浪？我只看见我内心的波浪，或者我把波浪设计在我的服装图案中，我从来也不喜欢各种真实的水波、沙波、声之波。我喜欢看见我内心的波浪，只有人的内心才是真实的，我凭我内心波浪的起伏来生活。我看不见其他的波浪。”服装设计师梁盈说。

“我是个护士，可我很怕血，很怕一切水波。只要是液体就会掀起波浪，因为它会涌动，却从不停歇。我看见那些水波的涌动时才十九岁，我正乘火车到北方大城市，我生长在这些沙之波的边缘的一座城市，我猜测有一天这些沙子就会涌到城市里来，用它更大的波浪淹没了这座城市，所以我就离开了新疆，穿越了这些沙之波，我到达了北京，我要去那里学习。在穿越那些沙之波时我很恐惧，但后来我们的列车穿越了它，它消失在我的视线里了。”

“还有一种波，大波、波霸，这些词从哪里传来的？对，是从南方，是香港传来的，什么是大波？大波就是大乳房姑娘，我听见有人在背后说我是波霸，但过去我不是这样，我喜欢我的乳房。第一次躺在浴盆里洗澡我就要用水覆盖我的身体，我喜欢在饭店工作，它可以使我每天都躲进一套高级客房中很舒服地洗一个澡。我喜欢我的身体，我喜欢水，我喜欢盛水的大理石浴盆，我从来就不喜欢淋浴。”徐天心说。

“那种声波，是的，那种声波也是一种旋律，也是一种节奏，它的涌动与我的情绪相配合，如果这声波令我激动，我的身体的每一个毛孔就张开了，我就会唱得好。声波在空气中传来，扑在我的身体上，使我身体的曲线生动，使我唱得更好。”方可欣说。

“因为对于每一个人来说，城市就是一个大海洋，所有的人都是鱼儿，都是游动在这大海中的鱼儿。因此，有些鱼喜欢追逐波浪，有些鱼喜欢逆着波浪前行，而我，却喜欢研究与分析这城市的大海，我几乎可以一气儿看透到海底，看见各种大鱼和小鱼，看见鲨鱼、海豚、金枪鱼、黄鱼及水草。然后我决定下去捞鱼，我还研究鱼与鱼之间的关系，我是城市海洋的研究者。”胡岚说。

“当然所有的波浪都不如内心的波浪重要，所有的。”梁盈说，“实际上我很孤独，我就一个人测量内心的波浪，我一直一个人生活，白天我在公司设计服装，我把波浪画到草图上，让波浪在每一件衣服上涌动，但我自己，我是说我自己，宁愿测量内心的波浪。一旦这波浪涌动得太剧烈，我就不出门了，一旦这波浪小一些，我想晚上还可以一个人到酒吧里坐一坐，借以排遣孤独。”

“一切都是波浪，这是我发现的，人的一生就是波浪起伏，当然我才二十五岁，我还没有资格谈论人生，但我已经看见我的一生像波浪了，它一定会起伏不定的。我现在离开了乌鲁木齐，带着一个受伤的秘密。我打了胎，这是一个恋爱的结果，我恨他，因为他又爱上别的姑娘了，我决定走得远远的。我真的做到了，我去内地上学，我是军队医院的护士，我说过一切都是波浪，就让我在波浪上行走吧。”

“当水慢慢地淹没我的身体时，我的全身都沉浸在一片莫名的惬意之中，女人的身体是水做的，过去我这么认为，但现在我不这么看。我认为我的身体是一架精美的机器。它高速而又协调地运转着，总是充满了欲望，甚至可以吞吃波浪。你要问我最喜欢什么，我想我可能最喜欢银子。银子的闪亮比金子轻柔，我已经有一些银子首饰了。不戴时有时候它们会渐渐变黑，但我喜欢银子。这个世界要都是银子做的该多好啊！”徐天心说。

“我有时候会在这声波中飞起来。像一张纸那样，左右摇晃着飞起来，这是一种境界，这是歌声的飞动。我最近录制了一张唱片，它叫《物质女孩》，我在舞台上喜欢穿有金属光泽的衣服，让事物显现出光泽来我就喜欢。”方可欣说。

“不过，尽管城市是一个巨大的海洋，可并不是人人都能捞到点什么，总有空手而归者，我觉得我活得有点儿累，因为我没有必要总是像渔夫一样盯住大海瞧个不停。”胡岚说，“我弄不明白最终我会捞到什么，我能够捞到什么。”

“在酒吧里总有人会来和我搭话，各种各样的男人，有的人一坐下来就说你很孤独，需要一个人陪着。我就跟他聊天，我假装什么也不懂，我眯起眼睛笑着看这些男人，听他与我瞎扯，然后再听他们邀我出去，自然，我会拒绝他。第二天我就再换一个酒吧，因此到最后，这些男人的脸都像橡皮糖一样叠加到一起去了。我就很开心，我听见我体内的波浪在轻微涌动。”梁盈说。

“我从小就喜欢沙子，沙子的细碎和流动使我为之迷醉，沙子的流失，涌动使我成长，使我看见了时间本身的涌动。我其实喜欢在月光下走出城市，去看那在月光下轻轻涌动的沙丘，在月海中，所有的沙丘都在涌动，真的，这是一片月之大海，它的波浪的神秘涌动使我伤心，使我感到了生命的脆弱。有时候就是在这种月夜我的例假会突如其来地提前来临，像湖泊一样在我的子宫之内涌动。”张丽说。

“银子饰物如果你不戴的话，它真的就会变黑。我喜欢有人送我银饰，银手镯、银耳环、银项圈、银戒指、银头饰、银发夹与银相框、银制餐具、银匕首……我在酒店的销售部任经理时，总会有住酒店的客人喜欢上我，他们给我送东西，我大都会拒绝，但只要是银制品，我就会非常喜欢。”徐天心说。

“我踩着声音的波浪行走，我唱我喜欢听的歌，我的歌都是我写的，是自然流露出来的，如同波浪都是因为风的带动生成的。那种声波对我的耳膜有一种天然的击打力。声波有长波、中波和短波，也许它同样有微波。声波冲击耳膜，使我们听见声音。因此，我依赖这种声波，我信奉它。”方可欣说。

“可女人天生是柔弱的。”胡岚说，“在城市中女人应该如何生存?女人就如同波浪，易碎、柔和、美丽，但这波浪不可能在空中停留太久，如同女人的容颜，这最容易变老的东西，不可能停留太久。这给了城市女人以严峻的挑战。于是各种各样的女人应运而生。因为说到底，这座城市是男人的城市，每一幢高楼都是男人建造的，大部分汽车司机也是男人。公司和机关领导也大都是男人，服装模特儿是女人，但设计师和观众却大都是男人。城市给女人留下的空间太少，要么是家庭，要么就是工作，城市中留给女人的是海沟、海峡、海滩与海礁。女人要发展自己太难了，如同波浪的易碎，从空中落下来，落进大海，更多的水珠溅起来，水珠融入水，波浪就此消失了。”

“不久前，我刚刚离开了一个男人。我像一股水流在涌动，冲向了岸，但生活之中有一种内在的力量在促使我退却。一眨眼我就爱上了他，可发现爱错了。他是一个自私的人，他甚至还要收回他送给我的一件皮裙。我还给他了，后来我听朋友说，这件皮裙已经是他三次送人又收回的了，他总是送给新交的女友一件皮裙，等到和她分手了之后再收回去，对我也是这样，这可真叫我恶心。这使得我内心的波浪急骤地涌动了起来。”梁盈说。

“城市之中没有沙丘，看不见沙子的流动是一种让我感到非常遗憾的事情，”张丽说，“尤其是到了这座北方大城，我更想念西北月光之下的沙丘之海了，但我看不见它。有时候我会在梦中梦见它，可白天我什么也看不见，我在一所医学院学习了两年半，然后我被分配到了一家军队总医院，管理血库。血库，听上去与武器库、粮库、仓库一样，是个很大的地方，实际上我告诉你，血库是个小地方，储存在那里的血加起来也许只有几水桶那么多，可它仍旧叫血库。我就负责血库的管理。我像个守卫压缩干粮的战地后勤卫士，我就干这个。我还算喜欢这个工作。”

“当我意识到我的身体其实是一个通道时我吓坏了。过去我从来也没这样想过。但现在，我发现我的身体就是一条通道，我饿了，就有食物经过我的身体，我渴了也是如此。当我有了那种需求，我身体的一条通道就会湿润，就会打开，让另一件东西伸进来触碰我身体的秘密。我甚至觉得风可以从我的身体进去，我发现我的身体在渐渐变得麻木与僵硬，变得如同银器一样坚硬，因此我就是喜欢待在水里，我喜欢被水泡着，让小浪花在我身体上的起伏中推动。”徐天心说。

“我唱《物质女孩》，可我本人是物质女孩吗？什么是物质女孩？我在想这个问题，物质女孩，是一种欲望的容器吗？是嗷嗷叫着扑向各种商品物质与尽情享用的动物种群吗？是浑身被物质包裹与充满的圣诞树吗？是橡皮女人吗？是全金属外壳的女人吗？是夜幕下的消费大军吗？是一种城市钟乳石？是吸血蝙蝠？是男人世界中的苔藓和地衣、是森林中的蘑菇和木耳？是什么？是躲避枪弹的小鹿，是引颈向天的天鹅？我想不明白，但我唱物质女孩，她们已经出现了，她们像空气一样布满了我们的周围。十八岁以后，我猛地发现我是一个物质女孩，于是我就开始唱这一组《物质女孩》了。”方可欣说。

“在城市中人和人充满了邂逅，今天你认识的人也许在三年以后才有可能重新相逢，如同一段波浪，需要重新积聚起水滴，也要使水滴重新相融，我搞公共关系公司就是要使可以利用的城市人力资源进行再聚合，使它重新发挥出功能。”胡岚说。

“我害怕这座城市，如同害怕海浪，我去过海边，大连、青岛、厦门、珠海，这些美丽的城市我都去过，并且在海滩上漫过步，我看见过海浪，它就像是水的手掌，一下又一下地掀起来拍向岸边，我害怕它，我从不下海游泳。我从外地来到这座城市时，不认识这座城市中的任何一个人。我开始时想当画家，但后来我发现这有要饿死之虞，于是我就加盟了一家服装设计公司，设计时装和羊毛衫。我害怕这座城市的原因是在夜里看上去它完全像一头猛兽，在夜间它很有可能把我吃掉。”梁盈说。

“在医院里，你总能闻到一种气味儿，消毒液味儿、纱布味儿和福尔马林溶液气味儿，当然有时候我还能闻见血味儿，别人闻不出来，但是我可以闻出来。这与我管理血库有关系，血的味道是甜的、腥的，而沙子的味道则是涩的，还带一点儿咸。走在医院的走廊里，一旦我闻见了那种血腥味儿，我就知道又来病人了，他在哪一间病房、他得的是什么病。我大概总能知道。”张丽说。

“我过去并不喜欢银子，也许我将来还会喜欢金子。但我过去最喜欢的是花，是各种各样的花朵，我喜欢极了，花似乎是精神意义上的，它美丽，易损。实际上花朵是植物的生殖器官，因为它才这么鲜艳。我觉得我的生殖器官也是美的，它是一朵小巧而幽深的玫瑰花。我喜欢花朵是整个的大学时代，也许那本来就是一个花季，离开大学以后，我就再也不喜欢花了。”

徐天心说。

“你们去过酒吧吗？你们去过歌舞厅吗？你们去过演歌台吗？你们去过体育场吗？我总是在这些地方演出，我一步一步由酒吧走向大型歌舞厅，再由歌舞厅走向演歌台，然后是在体育场演唱，我是在上海长大的。这几年上海的建筑像竹节一样拔地而起，它变得越来越像芝加哥了。繁华、忙乱，到处是挣钱的声音。而年轻人白天都拥到摩天大楼与玻璃幕墙后面，到了晚上则充斥在商场、歌舞厅、迪厅、健身房、酒吧里。我觉得我看见了他们的灵魂，整整一代年轻人的灵魂在夜晚的城市上空飘拂，在低低地飘拂。”方可欣说。

“我喜欢看冲浪表演，这种运动实际上就是我生活的象征，总是在浪尖上，这种感觉是十分奇妙的，总是在浪尖上，谁有过这样的感觉？我把生活理解为冲浪。我总是要冲到浪尖上去，但是波浪总是要消逝的，我看见了波浪消逝后，地平线那样的海，以及海面上的太阳，我看见了它，它像是正在被蒸发的一种东西，在变形，在夸张地变形，在水蒸气中消失。”胡岚说。

“不能不说到夜晚，一到夜晚我就会变得忧郁，变得孤单。在这座海洋一样的城市中我租了一间小屋，和那个收走皮裙的男友分手后，我又一个人住了。在这座城市中生活已经三年了。我有一种急切的停泊感。因此，在几个月以前当我在他的房间里认识他时，我有一种停泊感。我想也许我是为他的大电视、真皮沙发、大吊灯和上等地毯所迷住了？我想不是，而是他的居所中的一种氛围，一种家的感觉，这种感觉使我有依靠感，于是当他邀请我去跳舞的时候，我就答应了他。再后来，再后来我们就同居了。”梁盈说。

“仔细回想起来，我为什么会爱上他？因为他像一头小豹子一样可爱吗？因为他比当时十九岁的我还小一岁吗？因为他那虎虎生气的外表吗？因为他健美壮硕的身体吗？都不是，我想，都不是，而是他为我写的一首诗，他为我写了不少诗，那时候他刚刚从新疆石油技术学校毕业，辞职后办了一家送菜公司和广告公司，一个十八岁就开公司的人！一头可爱的小豹子，他扑向了我，他叫我姐姐。他的目光柔和亲切，他的笑容纯朴生动，他的皮肤黝黑健康，他和我的身体是水中追逐的鱼。我们就同居了。”张丽说。

“什么时候我不再对花朵有兴趣的？是什么时候讨厌起花，这色彩鲜艳的植物的生殖器的？我想是大学毕业的时候，肯定是那个时候。在大学毕业以前，我交了一个男友，他比我高一届，他喜欢唱歌，尽管他是一个电子系学生，但他的男高音唱得好极了。我爱他，我像爱花一样爱他。那时候我们淹没在一种爱的波浪中，那时候我很瘦，而他则喜欢唱歌。他比我早一年来到北京，我毕业的时候他还没有能力把我办进北京。在实习的时候我认识了一个从国外回来的受政府重用的博士，他在北京一个经济开发区当头儿，他开一辆绿色宝马，我在大学里从来也没有坐过这类轿车，我为了留在北京，答应和他——在他的要求下，我和他过了一夜。他把我办进了北京。从那一晚上起，我就不再喜欢花了，我就不再喜欢那种易碎的、虚幻的花的生殖器了。我恨我自己，我把我自己心中的花给折了，我哭了。我主动与男友提出了分手，我想我的男友，我的好男友他永远也不知道这是为什么，但我对不起他，我讨厌自己，我进入了这座城市，我要开始另一种生活了，一种不同于校园的生活，这生活是复杂而又严峻的，它在我刚刚进入就给我上了一课。”徐天心说。

“我看见那些声波在刺穿着我的耳膜，嗨，我说过我录了一张唱盘，而过去我是一个调酒师，我在一家美式风格的‘星期五舞厅’当调酒师，据说这家连锁餐厅是专门开给女孩子,由女孩子或女士约男士吃饭的地方。我当调酒师是大学三年级的事，我毕业于一家外语学院，我一边调剂各种鸡尾酒，我的耳边整天都响着外国音乐，我听熟了，我也唱熟了，于是我学了几首歌，试着唱了几首，很好。我的歌是为了哀悼我的女友的爱情的，因为她的男友去了美国，再也没有了音信，后来我不再做调酒师，开始唱歌了。”方可欣说。

“我不知道应该从哪里来讲我的故事。我的故事极其简单，在北京的一条胡同里,我长大了。那时候我的牙齿有点儿黑,我长得一点儿也不漂亮。后来我考入了北京广播学院编导系,然后在一家电视台工作。我有一个男友，我们分分合合有六年之久，就在我毕业后一年左右，他突然继承了香港一个死去的叔叔的遗产，全是留给他的几千万港币，我想我肯定不是因为这些钱和他结婚的。但我们结婚了。然后他开始做生意，做贸易，四处奔波，我们买了两辆轿车，两套公寓，一栋别墅，我在家守着空荡荡的房子，像个守墓人。我给他生了个孩子以后，觉得不能适应这样的生活，因此我就开了这家公共关系公司。”胡岚说。

“我就和他同居了。”梁盈说，“有一天，那大约是在我们同居三个月之后，我提出来要嫁给他，他笑了笑，他说：‘好呀，不过，我想去做一个婚前财产公证，一旦你和我离婚了，你就什么也别想从我这里得到。’我听了之后一下子呆住了。我想我爱上他了，我是出于爱才要和他结婚的，我并不贪图他的钱，我能理解别人去进行婚前财产登记，但是我不行，我受到了屈辱，我觉得他爱我并不深。我就走了，我走了，我不想见到他。后来他托人来要那件皮裙子，我淡淡地笑了笑，就把裙子交给了那人。那天我伤心得呕吐了半天。我病了，病得很重，我一个人躺在屋子里，听着外面喧嚣的城市在转动，我却不能动，发烧、吃药，我一个人在床上躺了三天。我知道如果我死在这间屋子里是没有人来给我收尸的，我就坚持着抗了过来，我品尝了生活中的灰烬。”

“我们大约同居了一年，这期间也有反叛家庭的意味。我父亲是一家银行行长，因此，我衣食无忧，从小就很顺利，这使我的性格乖戾、脾气暴躁，也很少有喜欢的男孩。可当有一天在医院里我救治他的时候，我一下子就被他的某种气质所吸引。他是被人打的，他刚刚工作就把工作辞了，一个人出来自己开公司，他那种虎虎生气叫我着迷。但我猜也许和他在一起是一场的灾难，但那时候我已管不了那么多了。我们租住了一间很旧的楼房，就在那间楼房里同居了。”张丽说。

“我出卖了自己一次，生平第一次出卖了自己，这一年我只有十八岁，我想我虽然出卖了自己，我的性格中、人生态度之中也一定有要出卖自己的逻辑，我得符合逻辑才行。在大学里我很瘦，看上去像一根豆芽菜，有一点儿像林黛玉，我那会儿胸部很平。但后来，这一切都变了，我突然明白我不是属于精神的，我是属于物质的，属于豪华酒店、高档写字楼、名牌名店廊和小轿车的。我应该过另一种生活，既然已经出卖了自己一次，为什么不可以多卖几次？但我要卖得机智、卖得巧妙，以最少的付出获取最大的收益。这是交换的原则，这是交换的时代。”徐天心说。

“那绝对是一种狂迷，那是对声波的狂迷，那是一种瘾、那是宣泄，是表达的痛快，是肉体的愉悦，我在唱歌的时候就像在吸毒一样。在迪厅里有人兜售一种叫摇头丸的毒品，很多人都在那里摇着头，只有我在唱歌，在唱《物质女孩》，为的是给那帮子沉湎于酒吧和声像文化的小男孩一点儿告诫。”方可欣说。

“结婚以后我大约过了有两年的与世隔绝的日子。我们把在市区买的一套房子租出去了，我们住到了郊区的别墅里。这是一片未开发完的别墅区，有三分之二，约两百栋别墅都没有灯光，我住在这里，和一个丑保姆在一起，先生在家，我有时候也做饭，先生倘若要出门都是我给他打的领带，选好了衬衣、西服和皮鞋。当我怀孕了以后，我就待在家中，哪里也不去。有时候我去买花和蔬菜，以及日用品，我才开着车出去一下。我守在静静的墓穴里，感到自己像某种陪葬品，也就是说，我陪丈夫一起下葬了，下葬到这座离城区二十公里，周围一片漆黑的墓穴别墅里了。”胡岚说。

“一个人面对城市如同一个人面对大海，我病了好几天，病好了之后，我放弃了要当画家的梦想，因为如果不先挣到饭钱我就会被饿死。在城市中，不论男女你必须先得有一门手艺，你才有了一把打开城市的钥匙，我想我学的就是工艺美术，为什么不先从设计广告图案开始呢？于是我就开始干了。我应聘到一家服装设计公司，我成了一个时装人。”梁盈说。

“我有一种结了婚又离了婚的感觉，真的，同居到后来受伤的总是女人，爱情是什么？爱是一把‘双刃剑’吗？它总会刺伤相爱的一对吗？”张丽说。

“我说不清我的身体是从哪一天开始发生变化的，后来我再也不是豆芽菜了，我的胸部变饱满了，我变胖了，我的身体，整个的身体有一种波浪一样的起伏，我是从哪一天变成波浪的？”徐天心说。

“我总要唱出一代人的心声，我要唱出他们心灵中那种鸡尾酒般的层次，一层一层的非常漂亮地分明异常，可我算是一个物质女孩吗？我总是提不起精神去喜欢男人。只要一靠近他们我就紧张，乃至厌恶起来了。我弄不明白这是为什么。”方可欣说。

“一个女人必须有独立的人格，必须要自尊。一个女人不应该依附任何人，这样她才活得自由，心像镜子一样干净自然。一个女人不应该成为附庸，但一个女人应该做好女人应该做的事。一个女人应该做好她分内之事，然后，她就应该确立自己了。”胡岚说。

“不能不说到流浪。我成长在大巴山区，别人说我美丽，说我身上有一种野花般的美。十九岁时我去了浙江美院工美系自费读书，三年以后我自己来到了京城。我弄不明白野花应该如何在高楼大厦的缝隙里生长，我还弄不明白，也许我应该再丢掉一些自尊，再失去一些纯真，我就明白这一切了。”梁盈说。

“但是那些沙之波浪呢？在城市中生活了几年之后，我渐渐记不起那些沙丘的掀动了。我的目光总是要被崛起的那些高档大厦挡住，我看不见那些沙之波浪了。如同我看不见他的脸，比我小一岁的男友的脸了。我为什么要与他分手的？我想也许这很简单，因为我觉得他没有行为能力，他还没有定型，而我则即将定型，我要的是另一种生活，而不是和他在一起的那种滥情而又畸形的生活，因此，在和他同居了一年之后，我离开了他。”张丽说。

“当我的身体开始变化以后，我的其他东西也开始变化了，我喜欢起银制物品来。在大酒店里有各种各样的客人。从各个国家来的，他们带来了各种各样的气息、声音和感觉。这时候我才看清了我的道路，我其实并不弱小，我甚至很强大。我是一种具有摧毁力的物质。我要走我自己的路。我在北方一座小城市长大，那座城市中人们庸庸碌碌，像蚂蚁一样地活着，我离开了那里。我去了长江边上一所重点大学读书，然后我来到了北京，我把自己卖了一次，我恨那个留洋的博士，他身上有一种汗酸气叫我恶心。他射进我体内的精子有一种鱼子酱味儿叫我恶心，他的手没有长毛，但像树袋熊一样叫我恶心，他的笑容之中有一种真正的冰冷和残酷叫我恶心。我落下了工作关系，落下了户口，办下来了身份证明，然后，我就悄然辞职了。”徐天心说。

“而我的听众大部分都是男性，在黑暗之中他们的目光使我害怕。我在中学时代喜欢过我的中学语文老师，他是一个文静腼腆，皮肤白皙的年轻人，他戴眼镜，但有一天（我们那间教室隔壁的隔壁是杂物室），工友从中发现有一张大讲桌里塞进了一个十七岁女孩的尸体，她已经死了五天了，尸体都发臭了。后来警察发现是我的老师干的，他强暴了她，又把她杀了。我的少女梦破碎了。我讨厌周围的男人。在大学时代，我交了一个男朋友，但当他要吻我、抚摸我的时候，我总是有一种恐惧感，我禁不住浑身颤抖了起来。也许这是一种心理障碍，如同逾越一道波浪那滑板运动员就会翻船一样，我逾越不了这个障碍，我现在还不行。”方可欣说。

“我从家中墓穴走了出来，我办了一家公共关系公司，我组织大型活动，去办理各种批文，帮助别人进行股票公司上市推展，帮助外省市的政府机构在北京举行大型贸易洽谈会，我很忙，我有我自己的事业和工作，我很累，我忙了一年多，我不再是墓穴主了。可这时候我又想如果能做个家庭主妇该多好啊！”胡岚说。

“在这座城市中我很少看到下雨，甚至在整个北方，我也很少看到下雨，我喜欢在雨中狂奔，这样我内心的波浪就会涌得高一些，我的心灵就会变得潮湿，我已经二十七岁了，我快要成一个老女人了。可我的归属在哪里？我的归属只是一段波浪吗？”梁盈说。

“要是回想起我和他那同居一年的生活，当然是刻骨铭心的。那是一种癫狂地充满了激情的生活。我想那时候我十九岁，我的大脑有一种疯狂的念头，就是我要反叛家庭。我说过我的父亲是一家银行的行长，他对我的要求就是去上学，然后再由他帮忙进一家银行或者报社，然后再与某个副市长结个亲家，我讨厌他的这类想法，于是我和他认识了。我们一同组建了‘红旗’乐队，我们还吸大麻，但我后来不爱吸了，我只爱闻大麻味儿，而不愿再沉浸在那种虚无的快乐中。然后，一年以后，有一天我仿佛看到一束光从天上打下来，打在了我的天灵盖上，我决定要告别这样的生活了。我离开了他，离开了我们肮脏的小屋，我要去远方。于是我就走了。在走的路上我看见了那些沙子的波浪，它们的涌动锲而不舍，热烈而又忧伤。”张丽说。

“我看见了我自己的道路，一条通向新大陆的道路。新的大陆，它是美国吗？它是日本吗？它是欧洲吗？我不知道，但我想我得去这些地方，我也能去这些地方，我很想去这些地方。这是一条早已铺设好的道路，但也得有人帮我，我在饭店当客房部经理为的就是可以接触更多的人，我想机会是由人与人接触才得来的，有一天经过酒店大堂的室内喷泉时，有一个穿白色西服的人放下手中的《南华早报》，对我说，‘小姐，我可以和你聊几句吗？’我看了他一眼，我似乎震了一下，我明白我要的快来了。”徐天心说。

“如何才能克服对男人的恐惧？我感到那就做个在黑夜中的歌手吧。我毫不责怪那些变成了物质的女孩，不是她们自己要变的，而是其他的力量使她们变成了这个样子，使她们变成了欲望的容器。归根结底是男人变了，女人才会变成这个样子。归根结底这是一个男人的世界。我决定成为夜晚的歌手，我想我不会再有男人了。就让他们的眼睛在黑暗中闪烁吧。”方可欣说。

“就在我突然感到了疲劳的时候，就在我决定重归家中，做个家庭主妇的时候，我听说了我丈夫有了外遇。当两个人都在忙碌，没有一个人顾家，孩子都交给了保姆后，他对我非常有怨言。后来，一个女人走进了他的视野。

一个顾家的女人，一个温柔的女人，一个要抢走我丈夫的女人。我要和他谈一谈，我们已经分居了，我现在住在城区的一套房子里，他住在郊区的别墅里。我要和他谈一谈，可我们从哪里谈起呢？”胡岚说。

“一个人的成长就是丧失的过程，没有丧失就无法成长。这是肯定的。我觉得我品尝了生活中艰辛的部分，我品尝了流浪，迎来了成长。我想我拥有的东西不多了，我必须要守住自己，我希望自己能够拥有正常的生活，一个爱我的人，我们一起生孩子，一起挣钱过日子。我想这样简单的生活理想难道我就不能实现吗？”梁盈说。

“我又看见了那些沙丘，当然是在梦中。那些沙丘波浪涌动，”张丽说，“在梦中它们是大海。”

“我说过我喜欢游泳池中的波浪，我喜欢人工喷泉中的水流，我喜欢人工的一切，而我不喜欢大海的波浪，那种波浪多么令人恐惧啊！”徐天心说。

“没有一种波比声波更美，完全使我们的血发烫，心灵发抖，脚踝松弛。”方可欣说。

“我十分郁闷，于是我就去了青岛的黄岛金沙滩。我看见了大海，那天起风了，我去海边走走，海浪一浪一浪地打过来，打在我的身上，我觉得天地一下子开阔了。”胡岚说，“我有一种解脱感，我想过死，但见到了大海，我不想死了。”

“我把波浪设计在了服装上，我的服装获了大奖，我喜欢波浪的曲线，它们是我最喜欢的线条，我注定要与波浪结成同盟。”梁盈说。

第二章　喷泉（场景）

徐天心在酒店大堂的带有人工喷泉的咖啡苑边上走过时听到一个男人向她说话。人工喷泉的水喷起来，像一朵大花，它发出的声音并不大，因此可以准确无误地听到他在说什么："小姐，我可以和你说几句话吗？"

她停下了步子，"当然可以，先生，我是饭店客房部的经理人员，随时准备为您提供帮助"。她看着他，他穿一套白色的衣装，白衬衣，白色带黑点的皮鞋，领带是红色的，因此非常扎眼。她闻到了他身上那种克里斯汀•迪奥牌浓郁的香水味儿。他的皮肤很白皙，大概三十多岁，脸形很瘦，目光柔和而又果敢。

"我注意到你已经有半年了。"

"您注意到我已经有半年了。"她有些惊讶。

"是，半年前我来这里住下的时候就见过您。我送给你一条小狗，还记得吗？"他微笑着说。"啊，"她立即想起来了。那时候她刚刚在酒店工作，在大堂里看见有一个女人牵着一条蝴蝶犬，她在为一位住客登记时注视着大堂里的那只狗，她说那只狗很漂亮，那时候她刚刚摆脱了那个雄海狗一样的留洋博士，又与真心爱她的高音男友分手，内心一片苍凉，她自己租住在一个老华侨在北京买的房子里，一个人买了一大堆二手电器生活。后来，一周以后，客房部另一个同事通知她，有一个客人留给了她一条狗，就是那只蝴蝶犬。但她不知道是谁留下的那条狗，现在她明白了。

"是你吗？"她快活了起来，"谢谢了。"

"那条狗呢？"

“还在啊。我非常喜欢它。它别的什么都不爱吃，就爱吃猪肝和羊肝。”

“嘿？我希望我有机会能看到它。”他又微笑了。他的微笑十分动人。

“那我明天把它带来叫你看看，它长胖了。”

“你也胖了点。你过去太瘦了。”他说。

“你是商界人士吧？”她问他。

“是。”他冲她眨眼。“我在这里住了一个星期了，我每天都看到你，我总想对你说一句话。我有半年时间一直在想这句话，我不知道该不该把它说出来。”

“什么？先生，您可以尽管把它说出来。”

“我想我爱上你了，半年前我就爱上你了，就这句话。我一直试图忘掉你，可我忘不掉，我这次来中国就是为了向你说这句话的。”他盯着她平静地说，“我想把你带走。”

她看着他，愣住了。她有些喘不过气来。

“你为什么总是要迟到？”他生气了。张丽从她的医院赶到约会地点时天已经黑了。

“对不起，迟斌，我来晚了。今天医院里有一个女人大出血，她是总队文工团的演员来我们医院做人工流产——刮宫术，但不知为什么大出血了。那血根本就止不住，像一条溪流。血库里的AB型血全部都用完了。我们就自己去找血，后来那血还是止住了，但我看她也活不了太久。”她有一点儿忧郁。

迟斌开着一辆桑塔纳，他是她的朋友介绍的男友，他不爱说话，性格有一些内向，跟她的外向的性格差别很大。他们在一起有半年了。一般他们每周约会两次，总是他开着车在羊坊店路口等她，她不想叫医院那帮多嘴多舌的同伴们看见她和他，因此她从不叫他去接她。

和他在一起，一切都有，房子（一套三居室）、汽车、钱（他做贸易生意），但她就是觉得激情不够。当生活向她展现出了它平庸的一面时，她觉得她怀念起比她小一岁的男友了。那是一种真正激情的生活，充满了火焰的形状。

她每一次和他约会都要叫他开着车在城市里转悠，叫他开得既不要快也不要太慢，她也不和他说话，一个人靠着车窗，仔细地看着窗外的街景。她喜欢看到整座城市的每一片局部的变化。她发现自己最近有一个小小的毛病，那就是喜欢数那些高楼大厦的楼层。每看到有一幢新近崛起的楼厦。她就像得了强迫症似的一层层飞快地数完它。

“你在干什么？”迟斌一边开车一边转头问她。

“这里这一片楼又要盖起来了。这是一片金融商贸区大楼。”她茫然地说。城市越来越大，也越来越漂亮了，它的街区在拓展，道路在加宽，楼层在长得密集和高大。它的众多的立交桥、地下通道、过街人行天桥使它变得多层和立体。它的空间在膨胀。可我却会在哪里栖身？和迟斌的约会总是开车在一些街区闲逛，然后去吃饭，他和她的话并不多，他是一个有些内向的人。他想过正常的家庭生活。然后他们把车停在一个地方，一起去逛商场。然后，他们开车回他的住处。那是一个很大的小区，楼房也都很高。他们照例是看电视、洗澡，然后上床。在黑暗中，有时候她觉得他的身体变得小了，甚至变得比她的还小。他像一个孩子那样在她的怀里蠕动。在一次高潮来临中，她突然喊出了比她小一岁的男友的名字。他停下来了，“你说什么？你刚才在喊什么？”

后来她开始唱歌了。她放弃了在那家西餐厅做调酒师的工作，她开始一家酒吧一家酒吧地唱。后来她认识了一个人，这个人看上去还像个大学一年级的学生，他骑一辆摩托车，总是在酒吧里坐前排听她唱。有一天她走出酒吧的时候他冲她招手。

“你来一下。”他说。她走到他跟前。

“怎么啦？”她问。

“我喜欢你的歌。我知道你要去哪里，我送你吧。”他说，“你要去‘通通俱乐部’，对不对？”

“是。”她很高兴。她坐上了他的摩托车，在上海的一片片街区中穿行。街道很窄，但到处都是人。到处都是一片繁华的景象，后来每一次她在一家酒吧里唱完歌，他就骑着摩托车在外面等着。她坐上去，赶去下一个地方唱歌，有一天她问他：“你叫什么？”

“我叫夏商周。”

“是三个朝代的名称。你为什么起这个名字？你是干什么的？”

“我姓夏，就起了这么个名字。我是一个邮递员。”

“怪不得你对整个街区那么熟悉，你白天就是骑着摩托车穿行在大街小巷之间去送信的吗？”

“是，不过我已经把工作辞了。”

“那你做什么？”

“我和朋友开了一家形象设计所。专门给人设计形象的。”

她感到他身体的活力，他有一些纤弱，他可能还不到二十三岁，他的头发很长，有一点儿玩世不恭。“你为什么要这样接我？”

“我看见没有人接你，我就接了。我看见你要在一个酒吧一个餐厅里唱下去，我想天天这么晚你要跑这么多地方，我又没有什么事儿，我专门接你吧。”

她感到内心之中涌动着一股暖流。她原来很害怕男人，但这一次，她长到二十一岁头一次对男人不惧怕了。她揽着他的腰，他们在黑暗处穿行。他们到了一个叫“通通”的歌舞厅门口，看见了那里有一座人工喷泉。彩色的人工喷泉。

“昨天有一个醉鬼一头栽到那人工喷泉中，就给呛死了。”她说。

“没有人去扶吗？”

“没有。可能人们以为他是闹着玩的，他摇摇晃晃从房间里走出来，就一头扎进去了。半个身子在外面，几分钟后有人把他拖出来，他已经死了。”

两个人站在喷泉外面，看着从中涌动的水波在半空敞开，灯下有一道彩虹。“这真是个有意思的喷泉。”他们注目了一会儿，就一起走进去了。

胡岚开着车向郊外走去。到处都是工地，到处都是人在筑路、尘土飞扬，什么也看不见。

她的心情不好受，她这次是去和丈夫谈判的，她不想和丈夫离婚，但丈夫打电话要和她谈一谈。那就谈一谈吧，她想。当她第一次听说丈夫有了外遇，真的是惊待了。而且她还知道了那个女人竟然是一个写字楼的总理小姐，就气不打一处来。这会儿她开车有点儿心不在焉，险些要撞到墙上去。

他们买的那幢别墅一共有二百多平方米，分上下两层，现在他住在那里。一路上，可以看到很多空置的别墅群，只有门卫守在尘土飞扬的大门口。从亚运村向北，一路上分布着很多这类别墅小区，总数在三万多栋，而且仍旧在缓慢地销售着，她在一家报纸上读到过这类消息。而她们买的那一栋还在更向北的位置。她一路开去，走了二十几分钟，到达了别墅区的大门口，看见了她所熟悉的两个石狮子，将车拐了进去。

她把车停在了自家房子的门口，看见了门口处的一个喷泉。它现在是干涸的，假石山上的草都快死光了，没有水草就会死，没有喷泉那么这片小区就没有生机。没有爱就无法再有婚姻。她走上台阶，用钥匙打开了门。

她走了进去，闻到了一种奇特的香水味儿。这肯定是一个女人用的，但她说不出它的品牌。不，不，它好像是雅诗兰黛牌的。这时她看见了在大客厅尽头的一个人。

那是她的丈夫邓方。客厅有七十多平方米，地面全部由花岗岩铺就，在客厅的尽头，摆放着一张餐桌，她丈夫扎着领带，穿一套银灰色西装就坐在桌子边上。

“我闻到了另一个女人的气味，她也在这间屋子里吗？”她向他走过去时说。

“不，没有人，就我们俩。”

“可我闻到有人。有一个女人。”她盯着他说。

“不，我说了，没有。”他有些愤怒。

他们沉默了一会儿，他问她："如果我要和你离婚，你打算怎么办？"

她的身体震了一下，"孩子归我。"

"房子呢？"他问她，"车呢？"

"我只要城里那套。两辆车你先挑。我甚至可以不要车。"

"好。"他放心些了。

"可是，除了你有了女人，我们离婚还有别的原因吗？"她问他。

他看着她："你自己不知道吗？你整天连家都不回，我们两个人到底谁更忙？我们当然无法继续生活了。这也是……也是我要离……的原因。"

她不说话了。"但我闻到了另一个女人的味儿，我和你没有离婚，你就让她住进来……"她站起来，在屋子里走动，她有些激动，她不知说什么好，她的心里有点儿乱，他们相爱五年，结婚三年，就落了这么个结果。这是个性不和还是生活中的变故太多？

"你先看看这份协议，如果你同意，就请你在这协议上签个字。"他递给她一张纸。

她接了过来，她说，"好，我回去考虑一下"。她出了门，出了那幢墓穴，她向她的白色桑塔纳走去，她钻进了车，她发动了车，车了离丌停车棚，但拐弯时不力，撞在了那座干涸的人工喷泉护栏上。

就在这时，喷泉突然出水了，喷泉喷了她的车一身，她愣住了，看着这座多少有点儿像火山喷发的喷泉，心里有些茫然，然后她把住方向盘向外行驶，她行驶得比较慢，她发现自己的胳膊用不上力，车子上了大路，她取出协议铺在方向盘上，他不愧是做贸易的，一条条都写得很细，如何分配财产。她突然觉得浑身没有力气，她的双手无法控制方向盘，她眼前一闪，她的车撞到了路边停着的一辆推土机上。

梁盈与那个要与她进行财产公证的胡强分手以后，他托一个人来要走了他过去送给她的一条皮裙，那是一件黑色的羊皮裙，很柔软，不算长，但穿起来也很舒服。只是它真是被送给三个人过吗？它不能说话，要是它能说话就好了。这样她就可以问一问它，另外那两个曾经拥有它的姑娘是什么样的人，她们也受过什么样伤害？

她站在自家阳台上朝四下望去，天气已经变得炎热了起来，附近的住户们三三两两地在外散步。在园子的中心，有一座人工的彩色喷泉，站在阳台上她可以听到它那水流声。

她忽然觉得有一阵屈辱袭上心头，她不曾想到过自己的一次爱情竟然连一件皮裙都不值。她想起了远方的父母，要是他们听到这个消息，一定会伤心得落泪。她现在非常想再见到胡强，问一问另外两个女孩是什么样的人。

她决定干一件事，她给在北京的两个朋友，两个长得很壮的家伙，许青和黄翔讲述了这个故事。他们甚至比她还气愤。

“我隐约听说过这个家伙，这家伙就是这么一个坏家伙。”许青说。

“我们去揍他一顿。你真的被他欺骗了。”黄翔说。

她点了点头，她是一个北方姑娘，她觉得有时候用拳头来解决问题要省事得多。她有时候崇尚暴力！

他们来到了胡强的住处，敲开了门。胡强穿着一套丝绸睡衣，一副睡眼惺忪的样子，“我并不认识你们。”他既冷漠又警觉地对许青和黄翔说。

许青上去揪住他的领子，“你会认识我的拳头的，杂种！”他是一个急脾气，他已经一拳打在了胡强的肚子上。黄翔扑过来又用力地顶了几膝盖，“你以为你那件皮裙很值钱吗？”他们两个人打得他无还手之力，几分钟下来，胡强已经鼻青脸肿了。他的鼻子出血了，趴在地上呼哧呼哧地出气，血流在了那面灰色的地毯上。梁盈在一旁一直看着，她奇怪自己居然连一点同情心都没有了。她取出了一本相册，把自己的照片一张张地取出来，把和他的合影撕掉一半，那声音听上去十分好听。

然后，她站起身：“胡强，我有一个问题：你的那件皮裙还送给过谁？她们是谁？”

胡强趴在那里不说话，许青按住了他的头，“说呀，小子。”但胡强就是呼哧呼哧地喘气，不说话。

“好，不听了。我们走吧。”她说。他们松开了他，她和他的目光相遇了，他什么都没说。但他的目光十分寒冷。而她，也是这样。两个人的目光已变得都很寒冷。

是的，张丽在黑暗中听到了一声呼喊，她听见了它，它真的非常真切，她想那声呼喊是如此尖利，以至刺痛了她的耳膜。

迟斌大声地问她：“你在喊谁的名字？吴浪是谁？”

她没有说话，吴浪就是那个比她小一岁的男孩，她是如此爱他，到今天她发现她爱的还是他。他那明亮的大眼睛，像小豹子一样壮实和敏捷的身体。他为什么会发出一声尖利的呼喊？这呼喊如同狼的呼喊，如同狼站在月光晦暗的悬崖之上的长嚎。可是，他为什么要发出这样的叫声？她和他同居了有一年多的时间，那一年多中，他们的同居生活充满了激情。也许这种激情是火焰式的、畸形的，但它洞穿了她的生命。当时她痛恨她的银行行长父亲，她认为他是一个贪污犯。但没有任何证据证明他是一个贪污犯，可她就是认为他是。他给她设计了道路，她偏不那样走，这时刻她遇上了吴浪，那是在一天晚上，她走在乌鲁木齐的大街上，听见一个人坐在街边旁若无人地一个人在唱歌。她就听了一会儿，和他认识了。他们不久就同居了，在内心之中，她以这种方式反叛了父亲和家庭。

但那一声尖利的呼喊是什么意思呢？她弄不明白。后来，她也没有向迟斌解释。又过了几个月，迟斌向她求婚，送给了她一枚钻戒，把它戴上手的时候，她也没有说什么。但是有一天，那大约是在她决定要和迟斌结婚，订下来的结婚日的前三天，有一天晚上她又听到了那声尖利的呼喊，声音痛楚而又凄厉。她立即给吴浪打电话，但她手中所有关于他的电话都找不着他。难道是他出事了吗？她没有犹豫，立即去买了机票。乘坐伊尔—86大型飞机升入天空，离她结婚日又近了一步。她想她一定要再见吴浪一面。

后来，徐天心就和那个送她一条狗的人认识了。他叫陈查理，是美籍华人。在美国受的大学教育，这几年长年穿梭在新加坡、美国、中国内地和香港地区，做纺织品的贸易生意。他那天说他爱上她了，说得非常郑重，但又非常轻松。这天晚上，他约她在饭店三十八层的旋转餐厅吃饭。

“要一份什么？”他问她。

“要一份意式海鲜面，一杯西班牙白葡萄酒。”她说。他要一份墨西哥玉米饼卷肉，“我喜欢吃这个。”他说。

她看着他，她觉得他大约有四十岁了，但他还一点也不显老。她这会儿觉得，自己真的是一段波浪，一段不停地向前涌动的波浪。她觉得这是一个机会。他是一个叫她不感到那么讨厌的男人，但如果要爱上他，恐怕也得费不少时间的，但现在不管别的，这是一个机会，也许我又要离开饭店了。有一大片更广阔的天空等着我。

“你结过婚吗？”她问他，海鲜面很不错。

“没有，好像是上帝专门叫我等着你似的。”他说。他说情话也像真的。在酒店工作，她经常被客人骚扰和挑逗，他们大都是外国人和外籍华人，但他们又都非常有分寸感，从不粗俗地表达意思。她常告诫自己看人要看准一些。她听说了在这座城市中，有不少艾滋病患者都是饭店的男服务员或是女服务员，就因为他们被客人看中后与这些人上了床的结果。她一边吃晚饭一边在想，如果他要求和我上床我干不干呢？这又是一桩难下决心的买卖。

吃过晚饭，他邀请她去他住的商务套房聊天。“咱们喝一点儿加冰的威士忌吧。”他说。“不，我爱喝白葡萄酒。”她说。他打电话叫侍者送上来一瓶法国波尔多一九九五年生产的葡萄酒，酒很快就来了，他们坐下来聊天。这套房子是一套套间，非常大，他们坐在阳台上，看着外面星空下的城市。现在，他们可以看见北京东部的商务区的灯光，这是一片高楼林立之处，它正日益地成为北京的曼哈顿区。它是华美的，有一种醉人的光芒。他们就聊了起来，聊得非常多。夜渐渐深了，有一会儿他们都不说话了。后来他没有看她，他说：“请你今天晚上留下来吧。”

她看着他，她站起来，手中握着那个高脚杯，里面的一九九五年丰收的法国波尔多地区的葡萄酿制的鲜红的液体在晃动，他站了起来，拥抱住了她，她手中的酒杯晃了一下，酒洒了出来，洒在了她那开胸很低的乳沟里。他放下了她手中的酒杯，就从那洒有葡萄酒的地方吻了下去。

胡岚把自己的头撞昏了。她出了车祸，但没有死。她想也许这是天意。这么多年来，我走得太顺了，从来没有遇到过不顺利的事，这就是上天给我的安排。汽车撞上那台推土机的一瞬间她觉得她要飞出去了，她的头狠命地撞在了汽车挡风玻璃上。

没有人上来救她，这很奇怪，过了几分钟她自己醒了。还好，车子居然又发动着了。她挣扎着把车子开到了医院，她只是觉得头疼，她仔细地想了想发生这件事的全过程：她开着车去看老公，在那座如同大墓穴一样的别墅里，老公坐在桌子的尽头，和她说了几句话就取出来了一张协议叫她看，那时候她就觉得头有些晕，而且，在房间里她还闻到有一种女人用的香水味儿。那种香水她过去从来没用过，一定是丈夫勾引或是勾引她丈夫的那个女人留下的。她很生气，当时打算在房间里找一找，她猜想那个女人就躲在某一间屋子里，她还想象丈夫将协议给了她，她签了字离开后，那个女人就会从某个房间里走出来，非常高兴地扑入丈夫的怀抱。她为自己这种想象所折磨着。在车上，她一边行驶在尘土飞扬的大道上，一边在看那张协议。协议写得非常清楚明白，哪一套房子是她的，孩子的抚养权，金融有价证券的分配，现金和存折的归属，家中各种物品应该给谁。但是丈夫在协议上希望要走孩子。看到这里的时候她眼前一阵发黑，于是就朝一辆停在路边的推土机撞了上去。

大夫给她检查的结果是她得了脑震荡，是轻度的，只要休养一段时间就会好过来。她的心情仍旧非常郁闷。她只是把出车祸的消息告诉了母亲，母亲立即来医院看她了。

她把那张离婚协议递给了母亲，母亲看完以后黯然神伤，“我一直以为你们会白头偕老的，我一直……”

“我同意他的其他条件，但孩子得由我来抚养。”她说。头仍旧很疼。

“难道就没有挽回的可能性了吗？”

“没有了，”她停了一下，“没有了。”

“为什么？”

“因为没有爱了。妈妈，没有爱的婚姻还能够维持吗？再说，我们都已经变化了，我们已不是前几年的我们，我们都变了。”她说。

“他又有了女人？”

“可能吧。”

“离了婚你怎么办？”母亲有一些担忧。

“不知道。”她说。

方可欣从“通通俱乐部”里走出来，她又看见了他，他仍旧靠在他那辆本田摩托车上。他正仰脸看着星空。

“你看见了什么？”

“什么也没看见。”他把脸转向她，“下一站，凯撒皇宫娱乐城？”

“不，我想回去了。心情有些不好。”

“为什么？”

她看了他一眼，“不知道。”

“不会是来例假了吧。”他说。

她没有说话，她又看见了那个喷泉，它在那里喷出的水流经灯光的折射，变成了五彩喷泉。她快步走到喷泉的跟前，注视了一下喷泉里的水，这是淹死了一个人的喷泉，然后她蹲下来一下子把脸浸到里面去了。她感到一阵凉意进入了她脸部的皮肤与毛孔。停了一会儿，她睁开了眼睛，她试图看见那张脸，那张被淹死的人的脸，但她什么也看不见，她看见了一团漆黑，而那五彩的灯光已消失不见。

第三章　弧线（片断）

其实任何飞行的物体都会有一道弧线的，张丽想。比如说飞机起飞，飞鸟在半空旋转，你向空中抛出一件东西，或者一件东西从高处落下，从起飞点到落点，总是一道弧线。

比如飞机的起飞，张丽想。她坐在飞机上，本来再过三天她就要嫁给迟斌了。可她觉得她听到了一声呼喊，那是来自吴浪的。她觉得她离开他离开得太仓促，她听到了那样一声呼喊，她要去看他。伊尔—86 飞机在空中像一只大鸟，它在吼叫，它的声音很大。张丽坐在飞机舷窗边上可以看见白云和大地，它由绿变黄，由黄再变成了褐黑。大地是一张地图，而我是一道弧线正飞过它。

她没有向迟斌做任何说明。她有一种感觉，那就是吴浪需要她，到后来，到离他更远的地方，她才发现她最爱的人仍是他。

“你像一只夜鸟，你在舞台上的样子像一只夜鸟飞行，留下了一些凌乱的弧线。”夏商周说。

“我一向喜欢飞鸟的飞动。弧线是最美和最生动的。”方可欣说，“女人就是弧线，而男人是平面与直线。”

这是在录音棚中，方可欣在录制唱盘，工作的间隙她坐下来和夏商周聊天。夏商周显得更像是一个无所事事的年轻人，他总在听她谈论喷泉、弧线与波浪，他似乎对这类事物有一种出奇的敏感。

她想他爱上了她。在此之前，她对任何男性都有一种恐惧。她不知道她能不能消除那种恐惧。因此她既希望看见他，又不希望自己看见他。最近，他的形象设计公司好像没生意似的，使得他总要天天来看她。

她在录制那盘《物质女孩》。在这盘有六首歌的带子中，你可以听到一个女孩内心的呼喊，一个女人的飞行，飞越当代都市越来越高的楼厦的丛林，飞越人工景点和修补后的大江大河。她录完后又坐下来与他聊天。他穿一套黑色的 T 恤，黑色的裤子，而他的眸子也又黑又亮，后来录音师说明天再录，她就坐着他的摩托来到淮海中路一家餐厅吃饭去了。

在餐厅里，他们坐下来，他觉得今天有点儿累，她说：“我还一点儿也不了解你呢，你还从来也没有向我谈起过你。”

“我？”夏商周笑了，他的手上戴着一枚铂金的骷髅戒指，“我的经历如同候鸟，出生在上海，大学是在北京读的。回到上海在一家公司干了一年，又把工作辞掉了。现在我完全是城市中的一块漂浮物。我干过很多我感兴趣的工作。我自己掌握自己的命运，我不太喜欢老干一件事，老在一个地方待着。”

“我想，也许我可以离开这座城市。”方可欣嚼着鸡块。“我觉得上海令我气闷。当街道越来越窄时，我看不见飞鸟的弧线了。我想离开这座城市去南方或北方发展。”

“做音乐，在北京或者广州也有发展，当然北京更好，如果你打开了那里的市场，你就会在全国站住脚，而我，我也想去北京换换空气，我要在那里开一家形象设计公司。”夏商周说。

在这天晚上他们商订了要北上的计划。为此方可欣非常激动。他们吃完饭，开始骑着摩托向郊外狂奔而去，坐在后排座位上的方可欣把头靠在了他的肩膀上，她觉得这种感觉非常好，非常美妙。仿佛是一道弧线的落点一样，这弧线落在了他的肩膀上。过去她没有这种感觉，但现在她有了。

他们都没有说话，他的摩托骑得很快，渐渐地，繁华的城市消失了，那种在城市中涌动的热浪也被一种清新的空气所代替，星空变暗了，星星也变得非常具体。几个小时后，他们来到了一大片的农田边上。仿佛是在进行着一次偷情，他们手拉着手进了一片豌豆地。

他拥抱住她，吻她。她尝到了黑夜的滋味，如果她是物质女孩，那么她的牙齿应该是石头做的，应该发出一种磕碰声。

她躺了下去，心情复杂。她向他敞开了，他还是一个她并不熟悉的男人。她惧怕他，可他单刀直入，已然突破了她的防线。她感到有点儿疼，身体里的虚空一下子被填满了。

胡岚的心情非常黯淡。当大夫检查出她是脑震荡之后，她决定不在医院里住，她想回到家中。母亲把她接回家，她叫保姆把孩子也接到身边，他还不到两岁，但世间的一切他已全然知道了，一看见他的眼睛她就感到心疼，那是一双清澈透亮的眼睛，对世事一无所知，只会叫爸爸妈妈的小嘴从来不停。她觉得非常沮丧，就在内心之中清理着和丈夫邓方的关系，问题到底出在哪里？在婚姻中，总有一方应该负主要责任，可我们的问题出在了哪里？

于是，她从头开始想起，她要做一只鸟，从开始之处飞翔。他们相识有好多年了，至少有七年了，那时候她还在上大学，而他则和他的一个朋友到她住的宿舍来找她的一个室友，那个女孩不在，结果他们聊起来了。后来邓方就经常来找她。他开始追求她。像一切追求者那样，他向她送花，约她吃饭，聊天，郊游，听音乐会，散步……像捉迷藏一样，一开始她并不是很认真，她尽量躲着他，或者说她在逗他，有时候她也与别的男孩约会，这也刺伤过他，但他毫不气馁，仍旧在追求她。一年以后，她答应了他。开始真正和他固定了关系，他身上有一种非常执着和顽强的气质吸引了她。

那时候他们都很穷，她还在上大学，毕业后在电视台做编导也同样没有多少钱，他在一家国有公司工作，他们的生活渐渐地显露出了非常成型的一部分。如同所有有结果的爱情都会落到婚姻上一样，毕业一年后，他们结了婚。又过了一年，突然地，仿佛是好运从天而降，在香港的一位亲叔叔去世了，给他留下了一笔数额可观的财产。而后，他辞去了工作，开始做生意了。

生活于是从这时候开始发生了变化，骤然之间，那笔财产让他们的物质生活发生了巨变。他经常到处跑，他在家的日子越来越少，她觉得自己的房子像个墓穴。因为她一个人在家里待时间久了就可以闻见墓穴的那种霉味儿。他们商量生了个孩子以后，她越来越不习惯在家里待着，于是就开了一家公共关系公司。她也开始忙了，两个人都在外面整天忙。有一天他抱怨说她再也不给他打领带了，她再也没有心思给他挑选衬衣了，她还没有料到事情的严重。

再后来，再后来他们经常吵架，经常吵完了架之后两个人就开车出去，各自住在不同的属于他们自己的公寓里。再后来，有一天她正在写字楼中为东北一座城市在北京开招商引资会而忙碌，邓方打来了电话：“我要和你谈一谈。”

“谈什么？”她放下了手中的笔。

“谈……我们是不是该离婚了。”

“为什么？”她愣住了。

“我和你有三个月都没有一起在一张床上了，你说这是为什么？”

“……什么时候？”

“明天。我拟好了协议，我到时候会交给你。”他说。

她一边接电话一边看着窗外。她觉得这时候天好像一下子就暗了下来。

然后她去见了他，然后他交给了她那张协议，在回城的路上，她出车祸了。

她厘清了头绪，她觉得自己的头不疼了。一些朋友来看她。他们听说她出车祸了，后来，她接到了一个电话。那是一个男人的电话，他叫黄凯，外号黄胖子，他原来是一家电影院的领座员，后来他开了一家画廊。他比她小五岁，他们在过去曾经在生意上合作过。

“我们有许久没有联系了，我想请你吃西餐，晚上有时间吗？”他问，“有个忙想让你帮。”

“有，当然有。”她奇怪自己为什么这么干脆地答应了。“什么忙？”

“那我们去吃墨西哥风味的美食，去威尼斯餐厅。晚上再说吧。”

“晚上见。”她放下了电话。她觉得自己在期待着自己生活中的变化，这种变化似乎已经悄然来临了。

从那天以后，陈查理就经常把葡萄酒洒在徐天心的胸脯上，然后一路吻了下去。他非常喜欢她的身体，他并不了解她的身体是如何由瘦削而变得丰满的，这个过程如同一个成长的秘密。而她，从不再喜欢花改而喜欢银器开始，就觉得她自己变了，仿佛另一个她沉睡在她的体内，到了社会上，那个她突然地醒了，她决定要去努力攫取了。

她了解了陈查理是一个纺织品贸易商，她想对于她来说，现在她需要继续放宽视野。他告诉她想把她带走，她的内心一片欢喜。

“我们先去香港，我需要你做我的帮手，然后我们再去美国。你在那里的学校读两年书，学习商务管理。然后，你就可以自己负责我们的一家公司，这是我这几天认真考虑的。”

徐天心明白自己的命运发生了重大的变化，她在这天是一个人过的。她觉得她需要一个人待一晚上，仔细地想一想这两年她来到这座城市所发生的事情。晚上，她躺在自己租的那套房子里哭了，她趴在床上，哭得像个泪人。

她没有想到，从学校毕业这两年她的变化会有这么大，她觉得她一下子多活了几年似的，她变成熟了。而从今以后，她仍要有新的变化，她的道路在延伸，不久，她就可以去香港，然后，去另一片更新的大陆，去瞭望到更广阔的世界。她哭了一会儿，爬起来到了阳台上。她刚打开阳台门，就看见有一只鸟扑棱棱地飞了起来，向更高处飞去，它的飞行留下了一道弧线。

是的，那是一道在黑暗之中可以看得很清楚的弧线。它是平行的，在这一大片楼群中兜个圈子，然后向东飞去。她奇怪她自己能看见那道弧线，她觉得她就是那只黑鸟，在黑暗之处飞行，光亮在前，而她只能在暗处为扇动翅膀飞行。她呼了口气，觉得自己平静了。她想通了，必须要学会飞行。女人必须要学会飞行才行。

后来，胡强又给梁盈打了个电话："你不该那样，你不该叫人打我的。"他说。

梁盈沉默了一会儿，"我最痛恨的就是欺骗，而你恰恰欺骗了我。"

"我欺骗了你？是我欺骗了你还是你欺骗了我？你真的爱过我吗？我一直都不相信你，我不相信你爱我。"

"你没有理由说这个话。"她说。

"我怎么没有理由说这个话？你当然不是真纯地爱着我，那天，是欧阳飞带你来我家玩儿的，那天我们认识了，那天我就注意到你在看着我的大电视、真皮沙发、CD 机和电脑时，你脸上流露出一种十分贪婪的表情。我最痛恨的就是对物质有欲望的女人，我注意到了这一点。是的，你的气质非常独特，这使我爱上了你。我们同居了，但在心里，我一直把你当作是一个物质女孩。我觉得我们现在倒可以心平气和地来讨论这个问题了。"他说。

她突然又感到了一阵恶心，她觉得无法和他说明白。"胡强，你说错了。是的，我的确是在这座城市中漂浮着，我想要一个家，在这时候，我与你相识了。你的优点在性格上，你吸引了我，至于你买的那些东西，我没有要去占有它的，当然，如果我是你的妻子，我想我也有权去享用你获得的一切。但这一切，这一切都应该是以感情为前提的。我没有想到的是，你仅仅拥有了一台大电视、好音响与真皮沙发，当然还有一套房子，就以为这些东西是我与你争夺的内容。我讨厌你！”她说，“我讨厌连件皮裙子都要讨回的男人。”

“那件皮裙，我已经送给我新交的女友了。”他顿了一下说。

她感到有些好笑：“看来这件皮裙你可以无休止地送下去。我真的感到恶心，我真的为你还是一个男人而感到恶心。”她挂断了电话。

她呼出了一口气，她觉得恶心坏了。但重要的是，我必须要自立，再也不做任何男人生活中的附庸。她暗自流下了眼泪，她觉得这个道理是她经受了如此沉痛的情感代价才明了的。

她立即赶到了吴浪的家，她找到了他的父亲。他的父亲是钢铁公司的一名工程师，一见到她，他吃了一惊。

“张丽……你不是在北京吗？”

“对，可我突然决定来看看吴浪。他现在怎么样？”

“他在戒毒所。他吸毒上瘾了！而且他还染上了脏病。我真恨不得拿钢条把他打死……”吴浪的父亲非常激动。

明白了。她想，她听到的那声尖利的呼喊一定是吴浪在戒毒所里发出的。这时候，她明白了，他一定需要她，不然他不会发出那样一声嘶鸣，而她也不会在远在北京的地方听到。

她赶到了戒毒所，看到了他。他已经瘦得不成样子，他彻底变了。看到她的时候他的眼睛亮了一下：“丽丽？丽丽！”

“是我。”她有一些痛楚。

“你……不是在北京吗？”

“我听到了一声你的呼叫，我觉得你出了事，我就来了。”

“是吗？哈，你看我这个样子，你开心了吧。”他苦笑了一下，现在，他只有二十二岁，但他却连站都站不稳，“而且，我还染上了脏病。”

“什么病？”

“梅毒。”

“几期？”

“二期。”他伸出了手臂，露出了玫瑰红色的小点。

她的脸红了一下，一瞬间她想扭头就走。她想也许她太冲动了，只是凭着第六感觉听到一声呼叫，她就来到了自己过去男友的身边，却发现他已经变成了另一个人，一个活着的死人，一个梅毒病人与吸毒者。她觉得她有点儿受不了了。

“你走吧，我不愿你见到我这样。”他将无力的目光转向别处。

“可是，你为什么，为什么要这样？你为什么要变成这样？”她哭了，她想扑过去厮打他，但她却没有一点儿力气。

他笑了笑，“你知道，我想尝尝各种滋味……”

她哭了，他看着她，“……别哭了，丽丽，真的，你回去吧，你有你的生活，我有我的路。我戒了毒，治好了病，我会好好生活的，我……”

吴浪说不下去，连他都知道他也许根本做不到这一点。他取出一个笔记本，递给了她。

“这是我过去为你写的诗，在这里没事儿的时候我就看一看，有时候再接着写几首。你拿去做个纪念吧，今后，我再也不会写诗了。”他站起来，向回走去。

她坐在长条桌子的这一面，她看见他由一头敏捷的小豹子在短短的一年间就变成了这个样子，她觉得这简直像是一个幻觉，可它真的发生了，就发生在她的跟前，那个她爱过也爱过她的初恋的人，他已变成了另外一个人，正以一种迟滞的步伐向他的房间走去。

在威尼斯餐厅里，烛光使整个环境变暗，使音乐显得暧昧不明。胡岚看着他，他叫黄凯，他们点了法式面包，意大利浓汤，巴西烤肉，还点了葡萄酒。她的神色仍旧有一些黯淡，她不想说话，因为她的情绪坏透了。

“最近过得怎么样？”她问他。他们在半年前有生意上的密切合作，但好久没有什么联系了。

“不怎么样。我离婚了。”

她愣了一下，“什么时候？”

“一个月以前。”他喝着浓汤，“她变成了一个发烧友，她把我们的家打扮成了一个录音棚，她完全疯了，她想把那些音乐变成坟墓然后把我也一同埋葬掉，我当然受不了了，于是，经过协商，我们就离婚了。”他说。后来他要的烤肉上来了，他就专心致志地吃那份烤肉。然后，他说要她帮个忙，他原来账上有一些钱，需要在她的账号上走一道，“这样她就拿不到那笔钱了。我们做个假账，帮我在这次婚姻战斗中减少些损失。”

“好。”她答应了。他们继续吃饭，她停了一会儿，说：“为什么很多婚姻到后来都变成了战斗？”

“也许男人和女人天生就是敌人吧，是天敌。彼此互为营养，互相伤害或利用？比如我老婆，她从离婚中就获得了绝大的好处，她得到了房子，得到了所有的家具及电器。她还想把我挣的钱也分一大半走。她赚大了。”他说。

“我也要离婚了。我前几天才签了离婚协议。”她说。

“真的？真没想到，你们过去那么好，你们……”

他们都沉默了。晚上十点钟到了，这家餐厅的中间地带的桌子全撤了，变成了跳舞的场所。这里跳情人舞和摇摆舞是有名的，“我们去跳个舞吧。”他吃完了烤肉，推开了盘子说。

“好。”她站起来。他们走进了舞池，灯光暗下来了，他们搂在了一起，他的肩膀有一种吸引力，她觉得她并不排斥他，过去除了丈夫，对所有的男人的身体都有一种排斥，但她发现她不排斥他。他们跳得很开心，他还只有三十几岁，因此他非常有活力。那天他们玩儿得很晚才回去，她的心中产生了一种异样的情愫。

梁盈开始行动了。她决心重新振作，她觉得自己必须要在这座城市中扎下根来。她拟定了一个发展自己的时间表，列出了她在这座城市中认识的人，他们也是一个小小的关系网。她于是最先到一家服装设计公司应聘担任服装设计师，在那里干了半年，后来一家新加坡服装设计公司把她挖走了，让她去新加坡培训了几个月，她觉得自己的设计水平越来越高了。实际上她想着有一天自己开一家公司，来设计她创立的品牌。

这是她面对这座城市时所想到的。就连一只鸟，在飞越城市时都会留下一条弧线，何况人。

梁盈觉得自己有信心在这座城市里待下去并且拥有自己的一片真正的天空，一条属于她自己的真正的弧线。但是要把笔下的草图变成真正的衣服，同时又将这种衣服真正地产生出来，是需要有人投资的。她开始经朋友介绍与一些投资商接触，她想自己干，不想给任何一家时装公司打工。但这是困难的。后来，有一个香港商人看了她的全部设计，打算采用她的一些服装样品，开始要试一试了。

她睡着了，这是她在这座城市生活了两三年中睡得最香的一晚。她梦见自己在一面大湖中沐浴。湖水中游弋着几只白色的天鹅。她也是裸体的，天鹅不怕她，或者她就是天鹅中的一只？在水中的倒影上，她看到了自己的身体。这身体是完美无缺的，它全部由各种优美的弧线构成，乳房、后腰、微微翘起的后臀、肩膀与小腿，它们都带有某种弧度，自由地伸展开去。她的全身就是由这些弧线构成的。那些天鹅真的不怕她，或者它们就根本没有看见她。后来，她突然看见在湖边的芦苇丛中伸出一支乌黑的枪管，这支枪管指向了天鹅群。她睁大惊恐的眼睛，那支枪管喷出了火焰，她听见了那些天鹅飞起来的声音，它们的翅膀努力地拍击着水面，进行了强行起飞。是的，它们飞起来了，而那火焰，那是一团迅疾飘动的活火，飞过来击打在了她的胸膛上，她在水面上倒了下来，她浮在水面上感到自己在变轻，变得很轻，像一张纸一样被水流所托住了……

她醒了。这是她自半夜惊醒的无数个夜晚中醒来的一次，但是这一次她并不再害怕夜晚了。即使有枪声从黑暗的地方袭来，她也不害怕了。但她对夜晚仍旧有些惧怕，这也许是一种与生俱来的情绪。她想她必须要战胜自己，连带战胜这黑夜。

方可欣和夏商周包好了全部的行囊，打算离开上海到北京发展。传说这是文化的中心和天堂，他们一个想在这里真正地成名，另一个则想找到一种漂泊的形式。

他们是坐火车出发的，如同一声最长的汽笛响过之后，他们出发了。星夜兼程，外省青年，直奔北京。

方可欣听见了自己身体深处的一种声响，这种声响类似于一种竹子拔节的声响。她非常激动，把夏商周拉向了她的腹部，“你听，我体内有竹子生长的声音……”

他在静心谛听，但他听到的不是竹子拔节的声音，“你饿了，我听到了咕咕叫的声音。”

她笑了，她想他有时候一定很坏。她现在不再惧怕他了，她谁也不怕了。火车在颠簸着，夜晚覆盖了土地。没有同伴，没有食粮与水，只有星光指引。向着北方，那里群鸟失去了踪迹，冰层在融化，一座城市从清晨的阳光中升起。鸟的飞翔也是人的飞翔，这再次起步的旅程充满了欢欣和光荣。没有停泊，没有歌声，只有星光指引。这天空中的指南针，向你说明了你的到达。

第四章　花园（留言）

“每一个女人都是一座花园，”胡岚说，“这是一座让女人自己也让男人迷失的花园，女人就是一座花园。”

“女人的芬芳来自她心灵的花朵。后来我才明白了，并不是所有的花朵都是鲜艳的，有些花是有毒的，可是我并不希望我内心的花朵是有毒的。当我看到吴浪成了吸毒者和性病患者的时候，我想这一定是两种有毒的罂粟花害了他：毒品的花和坏女人的两腿之间那腐烂的玫瑰花。”张丽说。

“女人是花园？我从来也不相信这类说法。我发现我的身体正在变得橡皮化、塑料化，我发现我的感情也像稀薄的空气一样不见踪迹。我爱陈查理吗？我想我不爱他，他不过是一个台阶罢了。”徐天心说。

“但是，未来也许从来就不是一座花园，很多人都说未来是一座花园，我过去相信这类说法，但我现在不再相信这种说法了。因为到北京三个月后，我的左眼就被打瞎了。”方可欣说。

“黄凯就说我的身体像是一座花园。我说不清楚我们的激情是在哪一天迸发的。也许就是从那天我们一起去威尼斯餐厅吃饭和跳舞之夜开始的。后来我们经常约会，彼此想得发疯，也就是在这个时候，邓方突然又不想和我离婚了。当我签署了那张离婚协议之后，他却反而不签了。”

“我看见我的心灵深处长出了一朵花，一朵橘红色的鲜艳的花，一朵非常善良的花，见到吴浪以后，我才明白我要做的事情，我要来改变他，让他重新获得生活的勇气和阳光。”张丽说。

“有时候，当女人不是独立的时候，女人的花园是荒芜的，到处都是杂草。我深信这一点，所以，我决心重建花园，我决心重造我自己。我过去太软弱了。而今后，我会坚强起来的。”梁盈说。

“我和黄凯之间突然迸发了一种可怕的激情，这完全是肉体的激情，这完全是火。是要烧死我们的火。从那以后，我们经常约会，我们一整夜都在做爱，让火焰从我们的身体里向外燃烧。过去我从来不相信有肉体的火焰，我发现它过去被遮蔽了。但现在，它又重新被点燃了，是被黄凯点燃的。他离婚了，而我，则在经历着一次婚姻的危机。可为什么邓方又突然不离婚了呢？他说他突然觉得，如果我们共同生育的孩子在没有父亲和母亲的环境中长大，那么孩子的心灵一定是不健全的。他因此不想与我离婚。但我发现我心中那对他的爱的火焰已经死了。这火焰被另一个男人，一个比我小五岁的男人点燃了。每一次我们的约会之夜，他都像一只迷途的小鹿，或者是一只辛勤的采蜜的蜜蜂，在我身体的森林里迷失。在我的身体的花园里采蜜。我沉醉于这种纯粹感性的体验，他抛却了责任、义务，他只有肉体的欢愉。我想我没有背叛过感情，我的感情从来都是鲜活的。”胡岚说。

“我的内心有一座花园，我确信我看见了它。我要把吴浪从毁灭的边缘拉回来。我把他从戒毒所接回了家里。我又见到了我的父母亲。我的父亲已经退休了。他好像突然地理解了我，理解了一个从十九岁就开始反叛他如今却已经长大了的女儿。是的，我长大了，我看见了我内心的花园。我把吴浪接到了家中，我要把他从那种颓丧的边缘拉回来。我把他接回了家，我看见了他那种悲哀和低垂的眼神，内心非常沉痛。我开始强行给他戒毒。他毒瘾发作的时候谁都不认。就在昨天，他还咬了我。他咬我的耳朵、脖颈、肩膀，咬我的手臂、手指和乳房，我好不容易才使他渐渐地平静下来。他平静下来了，他看见了是他把我咬得遍体鳞伤，他哭了。他说他一定要把毒戒掉。而他的性病也被控制住了，每天都是我亲自给他打针与用药。我一定会把他治好的！因为我是一座花园，或者我看见了我内心的一整座花园。”张丽说。

“我的身体已越来越僵硬，它真的在变成物质化的东西。也许，我正在变成一个石头女人？后来我常常在想我是怎样渐渐地变成了一个石头女人，我想这一定与我第一次出卖自己有关。从那以后，我身体中的一部分就坏死了。如果说我是一座花园，那么从我为了进入这座城市而出卖了自己的那一刻起，我的花园就开始变得荒芜，它渐渐地被一种杂草所充满，是的，这种变化就是从那一刻开始的。然后，我渐渐地变了。当陈查理以啜饮葡萄酒的方式从我的胸脯上吻下去时，我明白我又将进行一次交易。但这一次，我发现了我身体正在变异的秘密。我担心有一天我早晨醒来，发现我已变成了一座石膏像，永远地保持一种姿势，躺在那里一动不动，带着我的创伤记忆，带着我全部的未完之梦，变成了一个石膏女人。这使我感到了恐惧，这使我后怕。我想也许真的在我身体内还有另一个我，这个我在与另一个我争吵、厮打，她们彼此防备与战斗，她们使我备受煎熬，却永不得安宁。”徐天心说。

“我的眼睛为什么会瞎了呢？这是一次殴斗的结果，我离开了上海，来到了北京。北京与上海完全不同，它是一座北方的大都市，它的风格更是包容性。在这座城市中我认识了很多人，我认识了更多的人，他们大都是游走在城市边缘的人，这对于我来说是一座陌生的城市，我想我要去认识这座城市，我要去认识更多的在这座城市中生活的人。我尤其迷恋那打在胡同墙壁上的阳光，那是一种古老的阳光的凝固。到了晚上，我像在上海时一样，在那些酒吧、歌舞厅里演唱。我们白天奔波在城市当中，与一些音乐制作公司交往，说服他们听我在上海录制的带子，与我签约。但他们似乎不欣赏我在歌声中那种对物质女孩肯定的态度，他们对我兴趣不大。我受到了挫折，有一天在一家酒吧唱歌的时候，一个家伙要点歌而我不唱时，他用酒瓶子砸在了我的眼睛上，我的眼睛瞎了。”方可欣说，“这时候，我突然看见黑暗的真正内容了。”

“我看见他在好转，我想他似乎看见了我的内心的花园，我是一整座花园，吴浪在我的精心照料下变得康复。只是要全面恢复，还需要一些时日。过了几个月，他真的明显地好多了。有时候静下来的时候，他问我：你已经有了你自己的生活，为什么还要来管我？我说我听到了一声呼喊，那是他发出的。于是他就叫我描述那种呼喊，因为他感到很好奇。我给他详细地描述了那种呼喊，他惊讶极了。有一天，他的精神很好，他躺在我的怀里，他说他闻到了一种芬芳。我问他，是香水味儿呀？他说不，不是的，是一种整体的芬芳，类似于某种花园的全部芬芳。我就悄悄地告诉了他，其实我就是一整座花园。他问我，你真的是一座花园？我说当然，正是这种芳香叫你一天天又变好了的。我们又回到了过去激情如火的日子中去了。可我在和他做爱的时刻，又听到了一声呼喊，没错，一定是他，我知道他要从北京出发来找我了。”张丽说。

“可是你们谁也料不到，黄凯是一个骗子。其实他没有离婚，我是后来才知道的。他的妻子是医院的护士，对他非常之好，既温柔又贤淑。而他完全地欺骗了我。但那个时候我已经被他给迷住了。每一天，我必须要听到他的声音，能摸到他的身体才行。我想我一定是疯了，我想我看见了一种激情的海市蜃楼。它在他身上出现了，而我看见了它，我要抓住它。我把我的钱都花在了他身上，因为他的画廊实际上要倒闭了。我把一辆轿车也给了他，我给他买衣服、给他做饭洗衣服，我希望我能抓住他的心。我想这是我活这么大，快三十岁时所迸发的最激烈的一次爱情的火焰，我必须要叫它有结果，我想我可能真的疯了，后来我才发现我陷得太深了。我的丈夫邓方又找我谈了一次，我告诉了他这个情况。他第一句话就是：他不会和你结婚的。我不信，我说：为什么？为什么他不会和我结婚？他说：因为他也有一个孩子。我笑了笑，我说这不是障碍。他说：那你就去试一试吧。”胡岚说。

“我想我已经变成了另一类女人，”徐天心说，“变成了一个喜欢银器、酒店高级浴具、大堂喷泉与辉煌灯光、羊绒制品的女人。我觉得我的身体在变化，我不仅仅变得丰满了，我还变得僵硬了。这种僵硬的麻木感从下肢一直延伸上来，一点一点地，它先是漫过脚踝，而后又涉及小腿，再后膝盖也不灵了，再后来我的臀部周转不灵。我觉得我和陈查理做爱时没有激情，我也感觉不到潮湿，因为我下肢麻木了。但我的上半身还好，我不能把这一点告诉他，否则我就无法出去了。很快，陈查理就为我办好了去香港的一切手续，我到了香港。我一开始对香港并不习惯，因为香港的楼群太过密集，人的生存压力也太大，而且，我已习惯了北京的开阔和大气，我不能习惯在香港目光总被高楼大厦挡住的情况。但后来我习惯了，我被香港的繁华和自由给吸引了。我不再担心我的身体的异变，我在陈查理设在香港的分公司工作，半年以后，我就做了这家公司的经理。我已经熟悉了贸易行业的业务。而陈查理则在美洲和亚洲来回穿梭。他说他要娶我，但我想，我的归宿就是他吗？”

“我觉得我无法喜欢这个城市，正是这座城市使我的眼睛变瞎的，我甚至有点儿恨它。这座城市一直非常自大，正是它的自大使我的眼睛变瞎的。我在这座城市的活动收效一般，但一家文化发展公司为我出了一张专辑，我想我应该振作一些。在地下音乐圈子里我已有些名气了。但我瞎了一只眼，这对我的打击非常大。而且，告诉你吧，我现在已经和夏商周住在一起。他干得很好，他干平面设计与形象设计，他干得很漂亮，但是我的心情很糟。我有一点儿颓废，我不知道我该怎么办，是的，我唱歌，可我也像我的歌一样茫然，没有方向，没有目的。我想这一定与瞎了一只眼有关。没有比这一点对我的打击更大的了。我有些消沉，可夏商周他朝气蓬勃，他干得不坏，他甚至想让我也不要唱歌了。我不知道我应该不应该唱下去，我想我是这样一类女人，我想走在路上，不想停下来，我还没有要选择家庭的想法。我喜欢在舞台上与人交流，可我的内心却孤独得要命。我想走得更远，可实际上却一直原地踏步。但我瞎了一只眼，我还能唱歌吗？我有些颓丧，我不知道该怎么办。这是一件棘手的事情，一些公司打算与我合作，但他们又撤伙了。因为关于我有一些传言，说我和流氓混在一起眼睛才被打瞎的。一些大型演出也不邀请我了。我想他们一定不希望看到一个女人，一个戴着一只黑色眼罩的独眼女人在舞台上演唱，这风格的确很酷，但让人接受不了。难道我的路就如此终止了吗？难道这就是我的命运吗？”方可欣说。

“从来就没有救世主，从来就没有，从来就只有一个人，那就是你自己。的确是这样，肯定是只有你一个人。只有你一个人能救你自己，我就是这样，我长大了，不再是一个女孩子了，明白了我是一个面对着整座城市，我是那类好强的女人，我被男人伤害，我当然想成为我自己。长久以来我就在想中国女人的真正状态，这是一个社会大变革的时期，它为女人提供了实现自我的机会，但同时，传统对女人的要求也依然在，女人必须在这两种诱惑与要求下找到实现自己的道路。是的，我过去想当画家，但现在，我知道这一点非常难。但我会成为一个优秀的服装设计师，我将波浪设计在衣服上，各种各样的波浪，波浪的线条起伏异常生动。我在寻找我自己。人人都在寻找他们自己。我觉得我快要找到了。”梁盈说。

“我又听到了一声呼喊，我想那一定是迟斌的。我知道我回到新疆这几个月当中，他一直在焦急地期待着我，但我一个电话也没给他打过。也许我太无情了？我知道我主意已定。我要离开他了。就是这样，吴浪需要我，他非常需要我，我爱他，因为我要改变他。我想迟斌就要来了。果然，几天以后，他就飞到了乌鲁木齐，找到了我。他明显变瘦了。我无言以对，我想告诉他我又发现了一个我，这个我将按照她固有的逻辑去生存，我就告诉他了，他听不懂。他说：你的意思是说，你要和一个吸毒者过一辈子？我说，不，他是我过去的男友，我要帮他振作起来，而且，他已经在振作了。

他沉默了一会儿，突然暴跳如雷：我要杀了他！我要杀了他！他怎么能从我的手中把你抢走呢？他怎么能这样做？我一定要和他决斗！我没有说话，我想，这是我个人的事，但他非要去见吴浪，于是我就安排他们见了一面，他看到了吴浪，吴浪也知道了他。我是后来才知道的，那天我出去后，他对吴浪说：我们都爱她，干脆我们进行一次决斗吧。吴浪想了想，决斗？我身体太差，我还没有恢复，肯定打不过你的。迟斌说，那我们开车相撞吧，每人开一辆吉普车，向对方撞去。吴浪爽快地答应了。他同意每人开一辆吉普车向对方撞去，谁活下来谁就可以拥有我。吴浪在瞒着我的情况下去找了一辆吉普。他们就要互相决斗了。”张丽说。

“仔细地回想起来，我和黄凯的关系难道是健康的吗？难道我和他之间燃烧起的那种肉体的激情，是一种真正与感情相融合并无可挑剔的吗？我难道不是出于对爱情的失望，在爱情的消失的情况下去渴望抓住爱情稻草的行为吗？我难道是冷静的吗？肯定不是。我想，一定是邓方使我太失望，而我为了不至太过绝望，突然之间迸发了这种激情。但是后来，是的，在后来我明白了这里面的奥妙。如果我是一座花园，那么我只是独自开放的。黄凯他并没有离婚，他欺骗了我，但他似乎就是有一种魔力，使我离不开他，每一回我打算离开他，他只要暗施小计，我就心软了。我照例把我的车给了他，我还送了他手表，各种名牌的衣服。因为这些东西他都没有，他都想要，我就都给了他。我没料到我会处于一种这样的境地，我就好像处于一种夹缝地带，我不能向左，也不能向右。我当然已不能重回到邓方的身边，我无法谅解他的背叛。但这时候出了一件事，出了一件我既无法原谅他也无法原谅我自己的事，那就是，我们的孩子死了。”胡岚说。

“我开始发现陈查理好多事情都瞒着我，”徐天心说，“在香港，每个月我只有一半的时间才能和他在一起，但他对我说送我去美国留学的承诺一直没有实现。不久，他突然病了，他是在香港病倒的，经检查他的血检呈阳性！他是一个艾滋病患者！他和我一下子都受到了最大的打击，而我，也去进行了血检，发现我的血也是阳性，也就是说，我也已成了一个艾滋病病毒携带者，只是我还没有发病。我一下子愣住了。这是谁在对我惩罚？这是不公平的，这肯定是不公平的，我想，这与我无关。陈查理发病了，他病得不轻，很快他就瘦了下来。他被送回美国治病了。在他回去之前，我问他，是谁让他染上了艾滋病。他想了想，说可能是他的一个哥伦比亚籍情人，一个火热的哥伦比亚女人。我想打他，但我想这没有用，我和他还没有结婚，他的钱我无法分享，他去了美国，我答应和他一块儿去，因为有一个人发明了'鸡尾酒疗法'，可以治这种艾滋病，后来，我悄悄地把他在香港公司的一些钱转移到了一个账号上，也去了美国。我们在芝加哥碰面，他快死了。他对我有愧疚，他把他的财产一部分留给了母亲，一部分给了他一个弟弟，还给了我一百二十五万美元。可我明白，我要这一百二十五万美元一点用也没有。我采用了'鸡尾酒疗法'，据说，这种疗法对艾滋病病毒携带者还有用，我还没有发病，但陈查理死了。我承认我对他有些感情，在我上半身还没有变成石头的时候，我的上半身对他产生了感情，毕竟是他改变了我的生活。他死了，死的时候我在场，我忘不了他那无力和悲哀的眼神。他的身体完全垮了，到处都是溃疡，骨瘦如柴。他死了……埋葬了他，我一个人跑到了肯塔基乡下，在那里租了一套房子，那是身处半山的房子，我就住在那房子里，我什么人也不想见，我要一个人生活一段时间。我还太年轻，但我好像已经历了所有的事情。我的心事沧桑，形同老人。"

"夏商周对我说，必须要前进，可往哪里前进？到哪里去？他答不上来。我不想前进了。我要回家。我说，我要回家。我为什么要回家，因为我喜欢上了另一个人，他叫田阳，他是一个警察，他喜欢听我的歌，但是他死了，他在追捕凶犯时牺牲了，我很难过。但是这个时候，我的歌开始在北京走红了，这是在我的主打歌进入一些排行榜之后，有人喜欢我的歌，我走红了。我的磁带发行了很多盘，可我想回家了。我哪儿也不想去，我不想在路上，我想回家了，我要做个好女人，我动员夏商周也回去。我们还是一起回家吧，我说。不，他说我绝不回去。你真的绝决不回去？我问他，他说是，我绝不回去。你看我挣的这些钱，我为什么要回去？他掏出一大把百元券，我不回去。那我回去了，我说。可是你为什么要回去，他焦急地问我，你过去是一个地下歌手，现在你有名了，你可以一直唱下去，直到获得你要的一切。我摇了摇头，不，我要回家，我要逃走。我是肯定要回家的。于是我就悄悄地一个人回家了，我要从所有人的记忆中消失。消失，是我的最好方式。方可欣说，“因为，田阳也消失了，消失在大气里了。”

“他们开着吉普车向对方撞去，他们都没有死，两个人都受伤了。吴浪受的伤重一些，而迟斌受的伤轻一些。我认为这是一件荒唐的事情，我无法不说这太荒唐，我知道这件事，我把他们说了一顿。这的确太荒唐。迟斌知道我真爱的是吴浪，他走了。他不会再回到我身边。我呢？我爱着吴浪，我明白了这一点，我打算和吴浪一起生活，让他重新振作。我看见他的眼睛里重新有了亮光，过去我没有看见过这种亮光，现在，我又看见它了，这说明他在好转。他说：车子相撞的一刹那非常激动，我以为我就要死了。我好像突然地听到了一个声音，那个声音一定是你的声音，告诉我为什么我会听到你的声音？我问他：是什么样的声音？他说，那是种非常温柔的声音，告诉我生活的美好的声音。我从此以后要好好活着了。是的，我们从此以后要好好活着了，我们要成立家庭，生儿育女。我决定从北京回来，我要在乌鲁木齐找一家医院工作，我想我决定了。”张丽说，“生活中平静和加强的一面，在经历了波折之后，在我们之间展开了。”

“我死了。现在，是我的灵魂在对你们说话。我真的死了吗？我的灵魂在空中飘荡，我的确死了，因为我明白既没有天堂，也没有地狱，我就停留在中间地带。在后来，发生了一件事，发生了一种叫我一生悔恨的事。我和邓方生的孩子死了。他是被闷死的，他才一岁多一点，他就闷死在床，闷死在被子里了，这种事情发生得太荒唐。保姆回家了，说好邓方看管他，而邓方和他的情人约会没有回家，第二天，邓方回到家中，发现孩子已经死了。就是这样，为什么我们的生活乱糟糟的？一定是哪里出了问题，肯定是这样，有个地方出了问题。本来一切都很好，我们可以生活得很幸福，可有一双大手把一切都弄乱了。我受不了这一点，我突然醒悟了，我觉得我有责任，我是孩子的母亲。我在邓方和黄凯两个人那里都得不到爱，于是，我从楼上飞了下来。那是八楼，我飞下来时到了中间，我的灵魂就脱离了我的身体，然后就看见我的身体掉了下去，摔在了地面上，发出一声闷响。我看见一些人围过来，他们在围着我的身体说话，但我听不见他们说些什么，人的灵魂一旦与肉体分离，是听不见人说话的，我的灵魂就这样在半空之中飘着，我知道我会永远这样飘着，告诉你一个女人灵魂没有着落的故事。你们看不见我，我就像空气，与你擦身而过，我死了，其实一直都是我的灵魂在向你说话，给你留言。”胡岚说。

“女人是一座花园，但是这花园不一定是芬芳的，要你自己去发现这种芬芳，我后来自己发现了它。”张丽说。

“女人要成为一座独立的花园，要自我呈现、自我美丽、自我开放、自我欣赏。我现在还在路上，我的所有的想法都还没有实现，但我想我会的。”梁盈说。

“我现在已变成了一个石头女人，在美国肯塔基州的一处石山的半山腰的一幢房子中，我雇了一个快活的女人做女拥，我现在孤独一人，我还没有发病。我会发病的。但我内心已平静。我生活过就够了，你们说对不对？我生活过，我死了，也没有什么。我后来发现我的脖颈以下都变僵硬了，我变成了一个石头女人。但我的头还是好的，我可以回忆，可以说话，可以思考。我想有一天，也许连我的大脑也会变成石头，但那一天还没有到来。我不需要怜悯，这都是命运，每一个人都有自己的轨迹，如同波浪，如同飞鸟的弧线，如同喷泉和花园。”徐天心说。

“我消失了，你们谁也找不到我，我在自己成名之后回家了，我消失了，我想我的心情很一般，我有退有进，我回家了。回家非常好，我回家后就消失了。”方可欣说，“因为田阳也消失了。”

“每一个女人都是一座花园吗？每一座花园都有荣有枯吗？”胡岚说。“每一条道路都有尽头吗？每一条河流都会流很久吗？每一个人都要回家吗？每一只鸟都要留下弧线吗？每一段波浪都要成为碎片吗？每一个喷泉都会干涸吗？每一次飞翔都会降落吗？每一颗种子都会发芽吗？每一扇门都会关闭吗？每一个黑夜都会在白昼的枝条上盛开吗？每一句话，一旦它说出，它就会随风飘散吗？”

遗忘者的旅行

一

这是我的城市吗？我仿佛是从另一个地方来到了这座城市。

但我又分明依稀记得它，它的每一部分都使我感到了熟悉。

现在是夜晚，夜晚的城市与白昼中的城市不一样，我茫然地走在这座城市中，我敢肯定我在这座城市生活了多年。但是现在，我遗忘了，或者说我是从遗忘的深处走来的。

在我看来，夜晚的城市总是有一种光华，这种光华像一种冰冷的、璀璨的宝石之光，在黑夜的深沉的绸缎上闪光。

我有些迷茫，的确有些迷茫，我是在哪一年来到这座城市的？又是如何离开了这里？我想着，我记不得了。在夜晚，街上的行人如同被风吹得飘拂着的斜线，在夜光中摇动。

这座城市一向是转动着的。我想，比如现在，在今天的这样一个夜晚，它就在我的眼睛里缓慢地转动。这是谁在大地上摆放的积木丛林?

与城市相比，人们更像是都市中的鼠群。人们在楼厦的峡谷间走动，在钢筋水泥的笼子里生活，一些人来了，一些人又离开了城市。如同总有人活着，就像总有人死去。城市是一片巨大的生长地带，仿佛有一种不可抗拒的力量，在城市的内部积聚，使它一天比一天长高，并向四周延伸。

然而人呢?一瞬间，人的影子像一声号叫一样掠过城市的上空，飘入了深沉的天空。

我看来是一个遗忘者。我已经开始用外来人的眼光来描述我既熟悉又陌生的城市了。在夜晚，城市白天那隐秘的欲望在夜幕下更为生动和具体，更为活跃，如同活在一个巨大的培养基上的细菌群，会加倍地繁殖和生长，甚至会淹没整个城市，整个城市如同一片热带海域，在更为广大的透明的地区生长。

如同在夜晚，诺言也要比白天更为鲜艳，但夜晚的承诺到了白天还会有效用吗?是谁在夜晚许下了诺言?我记不清了。

我从广场上那散步乘凉的人群中走出来。来到了广场，我才记得我来到过这里。我真的来到过这里，和其他的人。但现在，我记不清他们了，我沿着这条宽阔的大街一路走了下来，我默默地细数着城市中的饭店、汽车、快餐厅和美容院，他们是城市中的一部分内脏，还是城市血管中的栓塞吗?

我不知道，我走在人群中，他们中没有一个人是我认识的，可为什么我们都要来到城市?这里面一定有一个问题。

我从一座叫新恒基中的蓝绿色的大厦边向南拐去。我看见了火车站，站前广场上，已是一片黯淡，听说在城市的西边，有一座更大的火车站建立起来了，因此，这里的候鸟和人群减少了。但是仍有数不清的人头在站前广场上浮动。多年以前建造的火车站显得僵硬沉闷。它了无生机，一些人涌流了出来，那一定是又一列火车抵达了，但它晚点了吗？

我想起来，我也曾在这个车站的人流中涌动过，我是这人流中涌动的一朵浪花，我看着眼前的人在城市的夜幕下消散。

我在走着，我想我一定来到了一条小巷道中。在城市的怀抱中，这样的巷道可以被称作胡同，这恐怕是我所熟悉的一条胡同，我是在哪一年走过了这里，把自己的影子打在了地上？

我向它的纵深处走去。如同去触碰一个秘密，所有的事物都有它的核心，这个核心是事物的坚硬部分，隐秘而又生动。但我真的在接近它吗？它是什么？

黑暗之中，远处的灯光使我眼前的房屋现出了它们的轮廓，我看见了一间小平房。

就像是我想象的那样，它就在那里，它锁着门，黑洞洞的窗户像瞎子的眼睛，没有灯光，没有温馨的音乐，没有笑声，没有饭菜的香气，这间屋子的主人似乎已经离开这里很久了。

可我在这里住过吗？我皱起眉头在想，我记得我有一对朋友在这里住过。但现在，他们从这里消失了。

他们是谁？而我又是谁？我皱起眉头苦苦地想着。他们是徐安和吴……晓梅？我的身体颤动了一下，我不敢肯定这两个名字。

我抬起头，目光掠过这一终将要消失的平房地带。这类房子在城市日渐增多的玻璃幕墙大厦中显得不伦不类，它们肯定很快要消失了，如同一些人在我的记忆中消失，如同在白天的草地上，夜晚的露水会了无痕迹。

我看见了那条宽阔的大街向东那一路的高楼大厦，它们头顶和身体上的灯光咬破了黑夜，使黑夜变得更丰富，也更为破碎。但现在，城市上空的星空又热烈而秘密地涌动着，如同我们心口和眼睛中涌动着的某种液体，在这一刻，在城市的夜晚中加倍地溢出。

我好像记起来我是谁了，可我又是如何离开这座城市的？徐安和吴……晓梅呢？还有一个女人，她又叫作什么？

我仿佛是从照耀着城市的一面镜子背后的水银世界中走来的，我接近了一些事物，它在夜幕的城市中闪闪发亮，而我，正在向它一步步接近。

二

但我还是想不起来我是谁，我只能漫步在城市中，在一些我既熟悉又陌生的地带走动，我是为了一个记忆之中的影子来寻觅它的吗？

我行走着，城市以它的大气和沉默替我沉默着。有时候，沉默是一种力量，它使我们变得坚硬和有力。

我总是有激情的，我想这座城市一定留下了我的激情的痕迹。我抬头看天，我看见鸽子在飞旋。夜幕像湖水一样从城市上空退去，如同有一只大手拉开了一面幕布，使城市，这大地上的一座巨大的模型显现了出来。并且，人和车立即就涌满了桥梁、地铁和道路，我也看见了，看见了广场和广场上空的风筝。

仿佛是从遗忘的深处走来的，我看见了城市的街道，在建外大街宽阔的人行道上，我看见了一个人，一个女人。

我想起了她，那是几年前了，她如同一只燕子一样在我记忆的天空中闪过，她喜欢蓝色，因此她仍旧穿着那件与蓝天接近的衣服，我跟了她一会儿，我确信是她，我绕到她的旁边。

我说："嗨，好久不见了。你还记得我吗，青青？"

她戴着一副墨镜，她的脸很白皙，她的神情凝固了，"我恐怕……不认识你。"

"我是夜鸟，这是你当年给我起的外号。"

她在认真地想，她那蓝色的裙子与周围繁华的楼厦构成了一道风景。

"我真的认识你吗？"她好像有点儿不太相信，她在认真地想。

"我们去那里坐一坐吧，"我有些沮丧，但我确信她会想起我来。五年前，我爱过她，那还是在南京，她生活过的城市中，后来她去了南方，而我则来到了北方。

忽然她的表情掠过了一道闪电，她想起我是谁了，"你和我一起，吃了很多葡萄。"

"是。"我笑了起来。那些日子我们天天在校园的绿树下坐着吃葡萄，都快吃醉了。

我们走进了一家美式冰淇淋店，我们要了两份冰淇淋。

“到这座城市干什么来？”我问她。

她摘去了墨镜，我的眼睛亮了一下，她还和五年前一样，朴素、大方、明亮、甜美、柔和、坚硬、狡黠、冷酷。她笑了一下，“来出差。”

“一个人？”我问她，我想五年过去了，她也一定出嫁了。

“……两个人。但我找不到他了，我的男朋友，我们吵架了，我们住银河饭店，我还要去找他。”

我们没有再说话，但一种回忆的亲切立即涌上来，包围了我们，我被一种闪电击中了。晚上八点，她与我联系好，我赶到了银河饭店，乘电梯上楼，踩着厚厚的地毯，我来到了她的房间门口，敲了敲门。

门打开了，她换了一套装束，是休闲短裙，很有活力，我有一些紧张，现在，一切还如同过去一样，如同果核，没有生长前总是保持着原样，她并没有发胖，相反倒瘦了，我竟然有些激动。

“我没有找到他，我不知道他到哪里去了。我决定明天走，明天离开这座城市。”她说。

“明天？你对这座城市并不了解，你应该在我的陪伴下了解它。”我说，“可不可以多待几天？”

她在想着。她的一切，她的声音，她的服饰唤起了我内心中久远的一些画面，我那时候是如此爱她，但分离使我们抑止了果核的生长。

“不，我明天走。但今天，现在，你陪我去看看天安门广场吧，我十岁的时候来过北京，我看过广场，后来，我再也没来过北京了。”

我很高兴，这时已快十二点了，我们披好衣服，下了楼，坐了出租车到达了天安门广场，此时的天气还有一些凄清，广场显得阔大、深沉、神秘而又美丽，卫兵把守着纪念碑。我们就沿着广场的边缘散步和说话，我知道了她这几年的变化和发展，在南方的生活。“我的男友，他是一个……一个看星星的人。现在，他把目光全都投到天上去了。”她说，她说这话有一种自嘲的凄凉。

“一个看星星的人？什么意思？当初为什么要离开我？”我忽然问她。但这合适吗？

她幽深地看着我，“那时我觉得你太内向，内向的人往往不热爱现实火热的生活，我怕你不能承担日常生活的琐碎和庸常。”

“实际上，我一直是一个审美的人，你也是。”我说。就在那天夜里，我们围着广场绕了一圈，领略了初冬的天安门广场空阔、寒冷和凄清之美，我看到了我心灵深处开起的火焰，它一点点地升起来，如同蓝色火焰的燃烧。

第二天，她给我打了电话，“他给我留下了一封信，说他要走了，到西北去了。我决定留下来几天，你告诉我在这座城市，我应该去些什么地方？”

我很高兴她可以留下来，我确信我还爱着她。我想我要把她的心再唤醒，我们再回到从前，回到我们开始的那一天，从那一天向今天挺进。

是的，我们相爱过，那是在五年前，大学毕业前的一年，我爱上了她，她是我大学时代的第一个女朋友，在图书馆，一个由死者的遗著构成的资料库的阅览室里，我看见了她，她穿一件白色的学生裙，朴素、宁静、大方，我的眼睛被擦亮了，我确信我对她一见钟情，后来我借机认识了她，我就爱上了她。在她很小的时候，她父母离异了，她跟父亲生活在一起，我们曾经一同在草地上坐着吃葡萄，我们开始交上了朋友。她有一些犹疑，仿佛像一个怕受伤害者那样畏惧着伤口，如同爱情总是会使人受伤，她的畏惧使我更爱她了。但半年以后，她决定去南方，而我要到北方，劳燕分飞，南辕北辙，各奔西东。我后来想起来那时候她从来也没说过她爱上了我，她总是柔和地拒绝着我，而我，则期待着她给我一个承诺。但没有承诺，只有无言的离别，接下来的日子便显得缭乱了。纷乱的生活节奏，纷乱但却生长着的城市，纷乱的人群与不断调换工作使我深陷其中，在岁月的杂草的疯长中我渐渐遗忘了爱情，遗忘了我所熟悉的人，过去的朋友，我遗忘了我自己。

她留了下来，一共七天。这七天我们去了些什么地方？

首先，什么是这座城市的标志、内脏与核心部分？城市是什么？是岁月积淀在盆地上的沙子吗？我想，一座城市，总有它的历史，有它最动人的部分，对于这座城市来说，历史就是这座城市的消化器官，是它的胃和肠子，几千年，它消化了时间，但却留下了一些建筑，留下了长城大宫殿、护城河和寺庙，留下了祭天台与农耕祈年殿，留下了皇家园林和繁华的商业街。博物馆同样也是，历史博物馆、军事博物馆、自然科学博物馆、农业展览馆、音乐厅，以及各种餐厅、各省各国美食，应该是我们的去处，我想她应该了解这些东西。

在农业展览馆，有几千年的农耕文化长时间的注视下，整个农业展览馆就只有我们两个人，我们仿佛是最早的初民，一对农耕时代的夫妻，我们耕种、灌溉、收获、入仓、酿酒，与土地的联系使我们不停地回忆过去，回忆我们生长的地方，她的每一个动作都使我动心，使我在岁月的荒草中发现了爱她的清晰的路径。

如同一条林中路，我在寻找着新的通向她的道路与方位，我被一根火柴点亮了，我试图向她逼近。整整一个星期，白天交替着夜晚，我们在博物馆和大使馆区地带走动，我们领略着这座城市的历史，回忆着我们自己的历史。在音乐厅，在听一首格里格的钢琴曲时，她睡着了。她像一只蝴蝶，蝶翼很轻，仿佛是停靠在了睡眠的边上，我不忍触碰她。后来是贝多芬的月光曲唤醒了她。她有些不好意思，在我的耳边悄声说：

“我梦见我穿着一双红舞鞋，在由水晶构成的大殿中起舞。我从大厅跳到台阶上，又从台阶上跳到露台上，我跳得很好，我的眼睛可以看透水晶宫殿，整个宫殿全部是由水晶构成的，也许连我也是透明的。”

她轻微地打了个哈欠。

我们还去了几家迪斯科舞厅，“JJ”“太阳阳”“东方一号”和“贝斯特”舞厅。在电光闪动中我们扭动身体，让身体变形，让心灵摇荡并发疼。在她耳边轻声地说：“我爱你，我从过去到现在都没有改变过，我仍旧爱着你！你离开他吧！离开你的男友吧！”

我从她的眼睛中可以看出她的矛盾，我要了她一丝头发，她说：“我不知道。”

我知道，我看着她。我知道这一切，我了解她，她是一个丰富而细腻的人，她对事物有着极其敏感的感受，在南方，一个到处都是被装饰的巨石充满的经济地带，她当然不能像鸟一样呼吸。

但也许当那个“观察星空的人”总是把目光放在星空中的时候，她被遗忘了。这种关系是不人道的。“他除了对钱还有兴趣外，对其他的一切都不感兴趣了。”

后来他们开始吵架，他们从星星吵到了月亮，然后吵出了银河系，在银河饭店，她发现他走了。

整个事情就是这样，过去，我像一只夜鸟一样曾经划过她的记忆的幕布，留下了一道痕迹，现在，她又看见了它。

在那一天，在她离开这座城市的前一天，在“硬石”餐厅，在燕莎购物中心的“威尼斯”餐厅，我们吃着墨西哥玉米卷饼和意大利面，在红色烛光摇动中，我在向她靠近，而被遗忘的中心地带靠近。我轻声说：“我爱你。”

她看着我，许久，她摇了摇头。“……不，我知道，无论他怎么样，他还是爱我的，我要试着去找他，再跟他谈一次。”

我们在硬石餐厅跳舞，跳那种摇摆舞，我的心里很乱，一个星期，每一天，我仿佛是在恍惚中度过的。但明天，她真的要离开这座城市了，但我却没有把握说服她跟我走。我跳了一会儿，感到难受，我们走到了大街上，我呼出了一口气。第二天，一大早我来到了银河饭店，我来送她，房间里乱糟糟的，她在收拾东西，我过去拥抱住了她。我要吻她，她躲开了，我只吻到了她的头发，她轻声说：“我不能答应你……”我停了下来，我的心情很乱，我和她下楼，退了房，钻入了去机场的出租车。在机场大厅里，我看了她一眼，然后我毅然转身了，我想我的生活仍将是被遗忘所包围的，那里只有一点亮光，那亮光只是回忆的火种，只会被多年以前我们的青春之嘴所吹动。

三

我看见记忆像岛屿一样从我的眼前，从这座城市中浮现出来。

我有一对朋友，他们是一对迷人的夫妇，徐安和吴晓梅。他们是我大学时代的好朋友。我们有八九年的交情了。

在城市中，每一个人都是城市中的一个影子，互相叠压在一起，被疾速行驶的车轮所熨平。为什么说徐安和吴晓梅是一对迷人的夫妇呢？因为他们俩体现了最佳的男女搭配和谐的例证。徐安是一个高大英俊的男人，他们毕业于共同的学校，他学的是法语，而吴晓梅学的则是日语。徐安面色红润、健康，而吴晓梅则非常活泼、漂亮。或者说，她不算很漂亮，但她有着一种天然的光华，使她所到之处生出光来，我们在几年前认识的，那时候我刚来到这座城市，不久，他们就结婚了，而我仍旧是单身，下了班无所事事，常常到他们家蹭饭吃。

他们两个人都很忙，因为都是导游，春节一过一直到深秋，一年有八九个月中他们都要带各种旅行团出去。当然，大多数旅行团还是在北京城和城郊的一些风景区活动，比如去十三陵和爬长城。他们的房子就在火车站附近，那是一间很小的平房，是她家的亲戚给她的，两个人都爱读书，因此整个房间被一个很大的书柜给挤满了，使我眼花缭乱的这些外版书全都由英文、日文和法文来构成，当然还有一部分中文书，其中绝大一部分又是我赠送给他们的。

他们告诉我，他们从大学一年级就开始谈恋爱，关系一直很好，两个人都十分健康活泼，被很多人视为天生的一对。在整个大学时代都是一些人的羡慕对象，当导游的收入比较高，而且很大程度上是靠各种外汇商店的回扣和字画商店的佣金。二十世纪九十年代以来，来华旅游的人越来越多，尤其是日本人特别多。而日本人往往财大气粗，喜欢到处扔钱，吴晓梅带日本团总是能够拿到不少回扣，一年里她的总收入有三四十万之多，而徐安学的是法语，他带的欧洲团，尤其是法国人特别吝啬，在古董商店和字画商店里往往什么也不买。因此，有时候他整整一个季度都是闲着的，我们就经常在一起喝啤酒。

这座城市中涌出了许多酒吧是近两年的事，我们两个就经常去一些酒吧喝酒。最近，我们又在一些“乡谣俱乐部”去喝啤酒了。

徐安的话不多，他的大高个儿在酒吧里十分扎眼，我觉得我认识他多年来，他的身上那种健康明亮的气质正在消退，取而代之的是一种焦躁和阴沉，尤其是今年。我刚出差回来，我也有几个月没见他了。

“你怎么了？”我问他，“好像很疲惫的样子。”

徐安看着我，他喝了五杯扎啤，他的确十分能喝，“我有些疲惫吗？”

“是的。”我说，“你好像不像过去那么快乐了。”

他笑了起来，“你要是结了婚，你就会知道的。”

“为什么？难道两个相爱的人在一起也会导致不好的结果吗？”

他沉默了一会儿，“爱情不导致婚姻是一种遗憾，爱情导致了婚姻则是一种残酷。有人这么说过。”

“我看你们不是挺好的吗？”

“是挺好的。”他怪笑了起来，“是的。”

我感到有些奇怪了，因为看上去，他们俩的确挺好，他们结婚有三年了，而且他们的收入很高，已经筹划着要去买车与房子了，他们也买得起。过去，我和他们在一起，总是很快活，这是充满活力而又充满情趣的一对夫妇。在他们的生活中，我看到了很多丰厚的、充满感情的细节，证明了我对他们的爱情是牢不可破的看法。但为什么徐安要在今天怪笑?

“今年她挣得比我多，她挣得比我多十倍。”他说。

“她要挣得比你多，也是你们两个人一起花啊，这又有什么?你大男人的自尊心受不了?”我问他。

他没有说话，我说，“你们是一对迷人的夫妇，这话我从来也没有当你们的面说过，我羡慕你们”

“为什么?我们难道不是一对恼人的夫妇?”他有一些心不在焉。

我们都注视着咖啡馆外的街景，行人稀少，夜晚以它一贯的速率企图把行人甩出它的怀抱，“你品尝过孤独吗?”我问他，“这几年，你和吴晓梅像两个绑在战车上的人，而我，一直是孤独的。”

“空间，我需要一个自由的空间，可她把我的生活全部填满了。我缺的也许正是孤独。”他的嘴角流露出一丝嘲讽。

“你其实不需要空间，你需要的是打击。”我看着他冷冷地说。

我发现我在说着无意义的话，语言是存在之乡，也是遗忘之乡。有时候，两个人在一起谈话，话语会擦身而过，谁也不明白对方说了些什么。后来我记得我和徐安在吴晓梅不在家的日子曾经多次谈到爱情和婚姻，徐安表现出的复杂和惊恐不安的态度叫我吃惊。如同生活是某种带刺的植物，它会在你欢笑的时候那刺也瞬间长出你的额头，让人惊愕。我好像看见了有时候那刺就长出了徐安的头。这是生活之刺，可这刺是如何长在他身上的?

我亲眼看见他们发生的第一次冲突是在一个春季里某一天的下午，我有三张俄罗斯国家大马戏团演出的票，去找他们一起去。我穿行在北京火车站附近的胡同里，当我快接近他们家时，我听见了他们的争吵，那是徐安和吴晓梅的声音：

“你从来就不顾家，你从来就不为我着想，你总是在忙，你为什么不陪陪我？”徐安说。

“我在带团啊，春天日本人来得多，我在带团啊！”吴晓梅委屈地说，“还不是为了多挣一些钱，为了我们早一点儿买房子吗？”

“挣钱挣钱，你就知道挣钱，可女人应该更顾家才对，我不能老是看不见你。”

“那你也想办法多带几个团吧。你总是不愿意动，你比两年前懒多了。”

“欧洲人来得少啊，再说，他们都是吝啬鬼，我也拿不到什么回扣，我挣不到什么钱，我不想动。”

“安，我不想与你吵架，我是爱你的，我再忙再累，也是为了我们能更好。可我弄不明白我们是怎么吵起来的呢？为什么我们现在会为了一点儿小事就要吵架呢？我们怎么啦？你想过了没有？为什么我们现在动不动就吵起架来了呢？这是什么原因？”吴晓梅说。

“我不知道，但我认为都是你的错。”徐安阴沉沉地说。

然后就是吴晓梅哭了起来，她哭得非常伤心。我伫立在外面，想了想，还是推门进去了。吴晓梅见到我，立即止住了哭声：

“抱歉啦，我们刚刚吵了一架，他把我给气哭了。”她脸上还带着几滴晶莹的泪花，却冲我笑了笑。

我看见徐安表露出心疼的神情来，毕竟他是爱她的，她的泪水使他感到了痛惜，他一定是做错了什么事情了。

“去不去？”我把票递给他们时问。

“没有心情了。”吴晓梅说，“我刚从桂林回来，我太累了，我想休息一下，你们去吧。”

于是，我和徐安去看了俄罗斯国家大马戏团的表演，表演是极其精彩的，人和动物的默契，人与人的协调，以及人自身的奇特柔韧，让我们开了眼界。“你为什么和老婆吵架？”我问他。

徐安的神色变得黯然了。“其实没有什么，都怪我，我这完全是闲的。我有一个多月没有带团了。那些欧洲佬，特别是法国佬都跑到哪里去了？他们都穷得只在自家门口溜达吗？”

我笑了笑。“我过去我说过，你们是一对迷人的夫妇。我忘不了你们要好的那种样子，好像好得不得了，一个高大、英俊，一个明亮、美丽。你们在大学毕业后不久成了夫妻，你们似乎总是可以把握住对生活和爱的定力，使它朝预定的方向前行。”

“我听不懂你的话，”他对我说，“你越来越像一个哲学家了。你什么时候找一个女朋友，从而结束在我们家蹭饭吃的历史？”

我有些黯然。“这不是一个问题，我还没有从过去的一些影子中走出来，生活并不是可以随时选择的。”

“你所说的影子，是谁？是何青青吗？”

“是她，也是她所代表的一种生活。那是恍惚如梦的生活，是诗意的

经是深秋了，而黑龙江的亚布力滑雪场已下了大雪，我们要到那里去滑雪。

她很少见到大面积的雪，因此，当她看见周围的群山尽被白雪覆盖后露出的激动是很正常的，在南京，也有冬天，也下过雪，但那雪又细又碎，落到地上就化了，如同一些冰清玉洁的精灵，从不愿和肮脏的地面苟合，在亚布力滑雪场，大雪已使地表变了模样。

我们在一座居于半山腰的旅社住下，这是那种可以蒸桑拿浴而且还带有炉火的房子，我们买了葡萄酒，把电视调到了音乐频道，叫它不停地唱歌。有一段时间我们都不说话，如同是害怕飞行一样，当我们都试着向对方讲述，试着进入对方的生活时，我们都小心地折起了我们的护翼。

我们先去滑了雪。我们请了救援，我过去从未滑过雪，我只滑过旱冰，我是一个溜冰高手，当然那是经常摔跤锻炼出来的。教练是个三十多岁的退役冰球女运动员，她似乎很喜欢我们，我们换上了火红颜色的滑雪服，在她的指导下练习着。

第一天的下午，用了整整一个下午，我们把滑雪学会了。我和她都是智商很高的人，从第二天开始，我就能从几百米高的滑雪道上俯冲下来了。

什么是滑雪的感受呢？我觉得是速度，是那种一往无前的、摧枯拉朽的速度和瞬间的静止，使滑雪变得富有了激情。

青青甚至比我滑得还好，她像一团火焰一样跳跃在雪地上，这是一团活火，在我的视线中燃烧。

到了晚上，山间的空气陡然变得清冽，大地那寒冷的外衣披到了我们身上，我们躲进了屋子，喝酒，相拥着聊天，我通过火亮，看见了她脸上的一些斑点。

“过去没有那么多。”我说。

“也许是南方的太阳太毒了。”她说，“我一到南方，就开始长，脸上大大小小已有好多了。”

我们柔和地亲吻，相爱的人的心当然是柔蜜的，我们如同躺在羽毛中，那种虚空的温存使我们更空泛。

“可你当初为什么不答应我，为什么要去南方？”我问她，“你过去曾经喜欢过我。”

她看着我，她躺在我的怀里，睡衣是那种白底红色圆点的，清新爽快。“那时候我不信任你，你的性格总是有一些犹疑，我太外向，而你，太内向了吧，后来我的好朋友劝我不要答应你，因为你在我之前，还交过其他女朋友，我那时候听说你的女朋友有很多很多……”

“没有的，要算起来，在你之前，只有一个，梁红。后来我和她分手了。”

“她在学校里好像非常活跃，她长得很漂亮，但那种漂亮似乎带着一种刻薄，我见过她的，她总是主持着学校里大大小小的晚会，你为什么和她分手了？”

我想了想，“也许就是因为性格吧，相处下来，她的虚荣使我受不了，她喜欢出头露面，而我其实更喜欢安静，于是我们就开始吵架，那时候，追她的人也多，她总是跟他们去跳舞……”

“她不跟你跳舞？”她问我。

“她从来也不跟我跳舞，从来没有，因此直到现在我也厌倦跳舞。我们吵了几架，分了几次手，却又合好了。我弄不明白我那时候的脾气怎么那么好，最后总是我向她道歉。但后来，发生了一件事，我们分手了。”

“什么事？”

“她怀孕了。”我说，但我不知道应不应该提起，这是曾被我遗忘的一部分，我其实不想回忆起这些东西。

“后来……去医院了吧？”

“去了。但我们很清楚，那不是我干的。我们在一年的时间中很少干那种事。在学校里，到处都是人，没有时间，没有地点，她也知道这一点。女人在怀孕的时候会很无助，会非常想依靠住什么，当她告诉我的时候那种无助的目光让我突然感到了怜悯。我明白了我们之间关系的实质，她总是把我当作最后的停泊地，总是在转了一圈以后又回来，她那时候以为所有的人都喜欢她，都爱她，但实际上并不是这样的。”

“你就不愤怒，也不生气？——那个孩子不是你和她的。”

“我的性格之中总有非常矛盾和复杂的一面，我当然十分生气，但是很奇怪，我并没有表现出来，我甚至都没有兴趣知道那是她和谁干的，再说她也没有向我说。我问她想要怎么样，她坚定地说，我想要把它打掉。她要我陪她去医院，只有在这种时候，她才又想起来我还是她的男朋友。”

“你们去了吗？”

“去了，我领着她去了一家私人诊所，那是一家坐落在长江边上的诊所，是由一个退休的妇产科女大夫开的。当时我在外面，我坐在椅子上，听着里面的动静，我后来心里有点儿乱，就站起来，透过诊所的毛玻璃向里望。”

“你看见了什么？”

“我看不太清楚，但隐约可以看见梁红躺在手术台上，她的双腿张开着。那个妇科老大夫的声音很柔和，她在安慰梁红，告诉她不要紧，很快就会结束的，看上去她把某种器械伸进了梁红的体内，我听见了梁红的呻吟，那呻吟很缥缈，也很无助，这种沉痛的声音是我过去没有听过的，如同一个陌生人，她在向她生命中的其他内容呼喊。过了几分钟，这种声音消失了。我看见她坐了起来。”

“当时你的心情如何？”

“我的心情突然很乱，我不知道我在做什么，这件事本来与我无关，我为什么要陪她来？我有些悲愤。但你知道，爱会使我们变得不可理喻，我看着诊所手术室的门打开，她小步地走出来，手中拿着一个小瓶。”

“她的手中拿着一个小瓶子？”

“是的，我看见瓶子里有红色的水在晃，我问：怎么样？她对我凄然地笑了一下，结束了，我们可以回去了。我问她，那是什么？是胚胎胞衣吗？她幽深地看了我一眼，说：是的，我要保留它，那时候，我突然有一种深深的沮丧，我不知道我在干什么，我为什么会这样去爱一个女人，而这个女人也许和我不会有任何结果，看样子她很疼，我扶着她，我们走出了诊所。”

“后来呢？”何青青听得入了神。

“后来，后来她仍旧保留着那个小瓶子，她不知从哪里弄来了一些福尔马林溶液，把那个小胚胎泡在瓶子里。”

“那个小胚胎是什么样的？”

“它是白色的，似乎还有一些细小的血丝分布在上面，如同荔枝肉，呈半圆环内扣，里面有一个蝌蚪大的小东西，那个蝌蚪大的小东西就是人的萌芽，它还有两个黑亮的眼睛，我可以看得到的。”

“那件事以后你们的关系怎样？”

“梁红突然变得很安静，她好像一下子长大了，或者是为了坚守一个秘密，她不再像过去那样风风火火了，她与我谈了一次话。”

“与你谈了一次话？”

“是的，与我谈了一次话。她的表情很严肃，她说这个小东西是她和另一个男人的产物，她只背叛过我这一次，她希望我谅解她，她发现每次离开我，实际上都是在证明她更爱我。我弄不明白这其中的逻辑，离开我是为了证明她更爱我？这种逻辑我永远也弄不明白。她告诉我她会很安静，好好和我相处，等毕业了之后就嫁给我，她说这是她想好了的，她已经决定了。”

“你呢，你怎么想？”

“我想了好几天。我爱过她，但从那以后，我不再爱她了，可我却对她有一种责任感。这种责任感使我仍旧可以接受她，我同意了，但我说，她必须把那个瓶装胚胎扔掉，因为它与我无关，它会像一根刺一样扎进我们未来的生活。”

“她呢？她同意吗？”

“她不同意。她不说话，但就是不同意扔掉它。我后来生气了，我要从她的手中把它夺过来，我一定要扔掉它，但她狂怒了，她冲我大声地吼叫了起来：‘它是我的！是我的！’我愣了一下，我能明白她的意思，它的确是她的小巧的子宫的成果，它是她的。但我，我不再是她的了，于是我扭头就走了，从那以后我没再理过她，我们分手了。”

何青青在听我说，她的眼睛里掠过了一大群候鸟，她叹了口气，我们相拥而卧，可以感受到在北方山地，外面那清冷的初冬气息的蔓延，她有一会儿把眼睛闭上了，长长的睫毛在抖动。我说完后，心里有一点难过。我不想翻动记忆的碎片，实际上我的确已忘记了这一切的，我当然忘记了梁红的脸，忘记了那浮在福尔马林溶液中，如同某种浮游海生物那样的白色胞衣，它的缓慢转动使我恐怖和忧伤。刚才在我谈论它的时候，我又看见了它，它那长着一双黑眼睛的小蝌蚪形状，它永不会说话，但它却坚守着一个我不了解的秘密。

忽然何青青睁开了眼睛：“我们现在去滑雪吧！”她一跃而起。我们穿好了滑雪服，走了出去。

在外面，滑雪场已关闭了。夜已很深了，没有灯光，没有人影。我们向山顶走去。我们都有一种想俯冲下来的愿望，那是飞行，是奔走，也是逃离，然后我们开始滑雪了，我的眼睛湿润，我看见她的身影像一只黑鸟，在炫目的夜幕下，向银色大地与银色夜空疾奔而去，如同记忆向冰山之底的消失。

八

我们在亚布力滑雪场待了三天，欣赏到了东北美丽的落日。

它向西天边下降的过程，如同伤者伤口的愈合，一点点一层层，那鲜艳的部分变得黯淡，最后归为漆黑，整个大地，白雪皑皑的大地在燃烧之后复归于银色的宁静。

到了晚上，我和何青青更多的时候就一直聊到深夜。

一个人走向另一个人，如同从海滩上渐渐走下去，走到没顶之处，那水淹上来，我们也不会浮起，了解一个人也是这样的，你必须熟悉她的声音、目光、动作、想法与睡姿才行。

过去我不曾真正了解她，但今天，我却口含着火种，在向她真正靠近。

我们收拾好行囊，告别我们的滑雪教练，继续向北，向最北的漠河进发。我们要向着白夜旅行。

北斗星不停地指引着我们，我们乘坐各种交通工具，乘坐火车、汽车、小型农用车、山地马车，我们向最北的地方行进，如同在波浪上行走，我们感受了北方起伏的高地。

后来，我们来到了漠河。

漠河，中国最北的小城，是我们向北旅行的终点。我们来这里是为了看白夜，但这样的季节合适吗？也许夏天才能在这里看到白夜。

我们就在这座小城里住下来，这里与萧红笔下的漠河县城已大不一样，像卡拉 OK 这样的娱乐项目也传到了这里，到处都有歌舞厅，年轻人在街上走的步子也很快。当然，小城的那种淳朴的民风依然存在。

我们遇到了一个老人，他脸上的皮肤如同一整块干裂的农田，到处都是沟壑纵横。我们问他哪里可以看到白夜，他非常吃惊，“白夜！你们在夏天，在每年的六月二十一日来才能看见。”

我和何青青互相望了一眼，我们手拉着手，有一丝惘然。

“而且，在这里你们要当心，这里凶杀案很多的，你们要去看白夜，还要走很远，到达北极村林场才行的。”

“我们不去了。”何青青平静地说。然后我们就走开了。

我问她，“我们不再继续向北了？”

“不了，我们……再向西，但我们在这里住两天。”

我们找了一家有那种土炕的旅店住下了。我们住一个单间，有一张大火炕，睡在上面很暖和。窗子是木头做的，很陈旧，房间里散发着一股土腥味儿。这一刻，我感到，在这座北方的小城，时间仿佛迟滞了，它走得比别的地方要慢一些。

这里仍像是一幅古老的水墨画，却融进了一部分现代的色彩。这里的时间像古老的马车，走得比其他地方慢。我们打算终山继续向北的旅行，因为我们离北部边境，已经没有多远了。

那么，向西的旅途呢？

我们曾在长江之滨的城市，在南京，一座有着王者气派的宁静之城待过，我们从南部海滨，一路北上，我们再向西吗？

“对，向西，从哈尔滨飞到西安，再从西安飞到乌鲁木齐，进天山，去看看那石壁、塔松与天池，然后再去成都，然后再去上海，然后，再飞到北京。”

“然后呢？”我看着她。

“然后我离开王林，和你生活在一起，哪里也不去了。”

“你真的可以离开他吗？”

“当然！我已经仔细考虑过了。为了你，为了我自己的生活。你看，我已给他写了一封信，我打算寄给他，我们回到哈尔滨我就寄给他。”

她取出了一张普通的纸笺，她想了想，“要我念给你听吗？”

“不，不必了。”我摆了摆手。我忽然有一些忧郁。是的，从南方，到长江之滨，再到北方海滨，到最北的山地，然后一路向西，向西到达天山，再转而向西南，再飞向华东，再向北，向地图上的心脏部位，北京飞行。这就是我们的里程。这期间，她已写好了一封信，要把它寄给他，寄给她的男友。然后她说与我生活在一起。

这就是事情的结果，是它的核心部分。突然之间，好像一切都变得具体了起来，相会，旅游，然后我们再结婚。就是这样，结婚，一种对爱的激情补偿与报复的最佳形式，在不久的将来，就要在我们之间形成了。

当旅行有了目的之后，旅行本身就更具有了行走的意义，还是失去了旅行的意义？

我们躺在火热的土炕上，让世界在窗外缓慢下来。不，是我们把世界推在了门外，让它停止转动，我们激情饱满地做了爱。

当身体打开，或者互为其中，这种肉体的交流自然带足了电流。没有目的，没有归途，这情景的交融是非常具体的，我在她耳边私语，我们一起在爱欲的大海中遨游。

她身上有一种忧郁使我着迷，这种忧郁有时候会在她最快乐的时候突然地呈现出来。这是没有原因的忧郁，源于生命的内部。

我们相卧而眠，在这中国最北的地方度过最后一晚，明天我们就要去哈尔滨了。而后我们将一路向西，在荒凉的冬天走向荒凉的西北高地。

“我为什么会这么忧郁？这可能与我的童年有关。在我五岁的时候，我的母亲和我的父亲就离婚了。再长大了一点儿，我就觉得我不是一个完全的人，我总是想哭，我觉得我与别的孩子不一样，因为我有父没母，这种感觉很深刻，我从小就觉得我与别人不一样，从小就觉得。”

“他们是因为什么原因分开的呢？”

“我也说不清。在我的记忆之中，他们总是在不停地吵架、打架。只要一有工夫，他们就吵起架来了。我母亲是一个脾气暴躁的人，我父亲也是一个脾气暴躁的人，两个脾气暴躁的人待在一起，可想而知。我当时很小，事情已记不那么清楚了，他们为钱争吵，为各种大事小事争吵。然后他们就会打起来。”

“你父母亲是做什么的？”我抚摸着她干净的身体，我的手测量她的肋骨，我觉得她是一条鱼，有一天她会从我的手下游走，这种不可测的未知部分使我有些揪心。

“我父亲是一个汽车司机，我母亲是一家商店的店员，在我的童年里飘指着两种气味儿，一种是汽油味儿，另一种是酱油味儿，他们一回家就会带来这两种气味儿。后来那大概是我上了高中，我才知道，父亲在外面还有一个相好，那是一个女公共汽车司机，那个女的很漂亮，比我妈妈漂亮多了，她总爱穿红色的衣服，我父亲不知怎么与她勾搭上了，我的鼻子很灵的，因为有一天我父亲回家后，身上飘着不同于汽油的另一种气味。”

“你说出来了吗？”

“我说了，我说，爸爸你的身上怎么有一种香味？我爸爸当时的脸色一沉，他说，你到一边去，有什么香味儿！大粪味儿？我妈妈听见了，立即跑了过来，什么味道？什么骚狐狸味儿？叫我闻闻，叫我闻闻，我妈妈立即凑到我爸爸身上去闻，但她的鼻子没有我的灵，她没有闻到，她只好走开了。”

“你呢，你那时什么感觉？”

“那时候我才几岁，我只是觉得委屈，我觉得是我爸爸不好，因为他撒谎了，从那以后，我便经常可以闻到这种气味儿，这种气味越来越浓重了。”

“你妈妈是什么时候发现的？”

“至少在我初次闻到那种气味儿一年以后，我妈妈是听别人告诉她这件事的，有人看见我爸爸和那个女人在一起，后来我妈妈沉默了，她一改过去的急躁和暴烈，她突然变得安静起来了，就好像山雨欲来风满楼的那种感觉，她什么也没说。”

“爆发的是哪一天？”

“那好像是一个夏天里的一天，我妈妈突然把我支出去买盐，然后我出去了。事情的整个经过我没有看到，等我拿着盐跑回家后，发现家中围着很多人，连警察也来了。”

“连警察也来了？”

“对，连警察也来了。我家住在平房里，当时来了很多人，我妈妈又哭又叫，警察把她铐起来抓走了。我父亲倒在地上，他的头上都是血。”

“全都是血？他……”

“他没死，我妈妈想杀他，但没有杀成。他的左耳朵被割掉了。后来医院做手术，打算给他补上，也没有成功，那只耳朵被妈妈扔到江水里了。这样，我父亲就与我母亲离了婚。但我父亲坚决要法院把我判给他。我母亲坐了一年监狱，出来后又改嫁到苏北去了，我再也没有见过她。”

“你父亲与那个女司机后来怎么样了？”

“那个女司机有丈夫，一直在南方做生意，后来她也去了南方，我父亲从此一蹶不振，他好像一下子老了许多，变得不爱说话，他后来也没再结婚，安心抚养我长大。我从小就觉得生活中有很多缺失的内容，生活从来都是不完善的，它有背叛、残酷和爱恨交加的复杂的一面，从那以后，我很少用感情来看待生活，我只想着尽快长大，尽快地离开父亲，一个人去闯荡。”

“后来你真的成功了。”我幽幽地说。这时候，沉默在我们身边泛起，我清楚地听见了空中有流星划过的声音，那种声音短暂而又凄厉，她说累了，睫毛就合上了。

她的家庭的变故与世界上很多人的家庭变故一样，没有其独特性。所独特的只是发生在了她的身上。在她的讲述中，她父母的离异变得简单明晰，但我知道，这只是事件的核心部分，人性远比我们所感受到的复杂，一个男人和一个女人在一起，组建了一个家庭，它的原因是很多的，有最世俗的一面，也有最人性的一面，生活中的变化与迁徙是生活的真正面目，事物从来没有按我们期待的样子发展过，这是生活的实质，但有时候，接受与了解事情的核心部分也就够了。

“睡吧，睡吧。”她睁开了眼睛，看见我还在想，她说。

九

第二天我们踏上了前往哈尔滨的旅程，我比过去更确切地明白我们是私奔者，到了哈尔滨。

在哈尔滨，我们又登上了去西安的飞机。从此，向北的旅行改成了向西的旅行。

“我们还剩下多少钱？”她问我，在大连，她就把所有的钱交给了我，由我来支配，加上我的，我数了一下，够我们按照计划走完全程，我的心情有时候变得有些茫然不定，因为我还不知道旅行的目的地真的在哪里，或者，真的就能定在北京。

但是先不用管这些，我想，我们已经是奔走者。我看出了她性格之中柔弱的一面，我想在这种时刻，我的坚持与坚决是最重要的。

我们很快就到达了西安，这是塞上的一座古城，到今天，还保留着它质朴的、原貌的大部分。我们去看了古城墙和兵马俑，面对历史，我有时候有一种厌恶感，因为它太沉重了，沉重得叫我透不过气来。而且，我渐渐地对外在的景物变得麻木起来，我更注重内心的景物了。

我们在西安没有待几天，立即坐上了西安飞往乌鲁木齐的飞机。

我们到达了乌鲁木齐，这里仿佛是一个新天地，一种我们所不熟悉的中亚文化的气息扑面而来，何青青拉着我的手，在那些卖各种伊斯兰地毯，各种镶了彩色玻璃匕首的巷道中穿梭。

“我喜欢那些少数民族男人看我的样子，他们的眼窝深，看你时的眼神直率、火热而又深沉。”她很开心，她买了不少丝制的面纱与披巾，当然还买了一把匕首。

于是，我当然也喜欢上了这座城市，它有一种粗犷的美，隐藏在它那现代气息颇浓的建筑之下，我们手拉着手，像两个幽灵一样穿越了整座城市，我们是一束花，柔和而又疾速地停在这里，而后又溜走了。

我们去了天池。天池在天山的半山腰上，我们坐了大约两个小时的车，就到达了那里。

那是一面高山融雪湖泊，可奇怪的是冬天已经来临，但它并没有结冰，它的那种蓝绿色非常晶莹幽深，仿佛你一下子就可以看到它的最底层。

我们就在湖边的一幢面向湖水的宾馆住下了，收拾好东西，我们来到了露台上，可以看见四周的群山全部被笔直的绿色塔松给占满了。塔松的模样像塔一样，它们密密麻麻，其间没有别的树，它们生来就站在那里，在冰天雪地之中，在高山湖泊之中。此外，我们还看见了天山山脉的博格达峰和其他一些山峰，它们以沉默的力量面向我们，头戴着雪白的冰冠。

青青的心情似乎好些了，我们的出行，使她的情绪处在不停地变化中，像所有的恋人那样，她的身上也表现出了缱绻与决绝的一面，毕竟，她有过男友，那种链条一样的承诺使她触目惊心，而又积重难返。

我了解她这一点，我想我们会有我们全新的生活，它就在我们这次旅行的终点，就在那时为起点再重新开始。

我们穿得很厚，因为天气非常寒冷，我们就在天池湖水边漫步，可以看见不远处哈萨克牧人的毡房里那一缕缕青烟。

在这里我发现了一个好玩儿的游戏，就在天池东边的水面上，在悬崖的两边，有一个伸出去的水泥平台；这里有一种叫作“蹦极跳”的游戏。我去试了试，那里人不多，何青青有点儿害怕，她看着教练员把我的双腿绑在了四十米长的弹力绳上，那个教练员还开了一个玩笑，就在我要往下跳的时候，他突然说：“绳子拴得不牢，我再检查一下……”

何青青吓坏了，倒还镇定，然后教练哈哈大笑了起来。

飞向湖面！我只是纵身一跃，就跃了出去。我向下垂直地落下去，我头冲下睁开眼睛盯着湖面，我可以听见我耳畔的风，我完全是垂直落下去的，一直到快要接近湖水了，我可以看见湖水像一面蓝色地毯一样向我的脸迎来的时候，绳索到头了，它拴住了我的脚。我又被弹了上去，我看见那蓝色地毯又离我远去，我在半空之中弹了五六下，才停了下来，然后有一艘小船驶过来，救生员把我放到了船上，解开了弹力索。

我冲平台上的何青青招了招手。让她也来，于是她也来了一次，她发出了一声尖叫，使得远处的一个冰山发生了小型雪崩，这是冒险者的游戏，我们都是冒险者，生活的冒险者，因此我们撒手凌空一跃。

到了晚上，我们带着毛毯，来到了天池边上，我们找了两块石头坐下来，把毛毯披在身上。她在抽烟，是弗吉尼亚牌的，这种烟的香气很淡，很好闻。四周非常静，没有什么人，这里仿佛真的是一座世外桃源，那种静是无与伦比的静，静得仿佛世界上只剩下了我们两个人，只有我们两个人在说话。

的确是只有我们两个人在说话，她注视着远处几家宾馆那明灭的灯光，说："这几年你在北京，就没有一次感情上的经历？我不相信。"

我有一些黯然，我的确没有太多的经历，记忆的火种被吹亮了，我仔细想着，猛然之间我有一些疼痛感从内心之中升起，那是多年漂泊的刺痛。

"即使是与妓女打交道，也算是啊。"她微笑着诱导我。

我有些迷惑，在大学里，感情上有了挫折，使我痛恨女人。与妓女打交道？我想起来了，"那是在一九九三年春天，北京的春天还狂吼，我有一天一个人路过德胜门，在德胜门立交桥下碰到过一个妓女。"

"一个什么样的妓女？"

"一个个子很小的妓女。她说她从四川自贡来，那里的盐厂倒闭了，她问我可以不可以把她带回家，我告诉她我没有家，我只有集体宿舍，她说五十元一次，才五十元！可那时候我很穷，你知道我刚刚到北京时一个月才二百来块钱，几顿饭就吃没了，我也很穷的，我对她说，我什么也不想干，我口袋里有二十块钱，我都给你吧。"

"你给她了吗？"

"给了，但她只要了十块，她说，要不，你摸摸我？我笑了，不不，你不是我喜欢的那种类型，我什么也不想干，咱们聊聊天吧。于是，我们就坐在立交桥的桥洞下，看着一辆辆汽车在飞奔，聊了很多。"

"聊了些什么？"

"聊我们各自的家庭，聊我们的理想，总之都是一些傻话呗，后来我就回去了，我再也没见过她。"

“看来你刚去北京的时候过得也挺苦的。”

“是啊，也是在那一年，我认识了一个从内蒙古赤峰市来北京闯荡的女孩，她在家里与父母吵架了，一赌气她就跑了出来，她的个子很高，大约和我一般高，当时我正在帮朋友开的一个公司张罗生意，和这个女孩子认识了，她叫李萍，那年大约有二十二岁，我觉得她是我伤害过的女孩，你知道我这个人很难伤害谁，但我伤害了她。”

她看着我，摸了摸我的脑袋，“你能想起的事情越来越多了。你怎么伤害她的？”

“你知道，有一句话叫作，‘穷人在一起会感到更穷’，我和她在一起就有这种感觉，我们都是外省人，因此碰到一起难免有同感，庞大的都市像一架巨大的机器，难免会吞吃我们，我们认识不久，就搬到一起住了。”

“也就是说，你们，同居了？”她小心翼翼地选择着词汇。

“对，应该是吧，我们合租了一套房子，一人住一间，她在一家广告公司拉业务，而我忙于机关事务，那时候我在拍一本画册，经常到处跑，回到家中她就把什么都做好了，我品尝到了日常生活的快乐。”

“但为什么你和她又分手了呢？”

“因为我们都没有多少钱，她忙忙碌碌，一个月下来也剩不了多少钱了，我们要交房租，还要出去玩儿，她非常爱去迪厅和酒吧，我们就常去那里。”

“仅仅是因为钱吗？”

“也不全是，此外还有性格的原因，她比较笨一些，她总是笨手笨脚的，经常要打碎酱油瓶什么的，我们的情绪都不太好，于是就经常吵架，吵多了，我们就都变得很伤心，主要是两个人都觉得有一种漂泊感，大家都把对方当做码头，而实际上，连码头也是漂浮不定的，两个漂浮的人在一起会感到更漂浮。而我则更感如此，我不想，那时候不想与一个漂泊感太强的人在一起生活。于是我就向她提出分手了，这对她打击很大，她什么也没说，就走了。后来听说那家广告公司也把她辞退了，我打电话找过她，说她已离开了，我呼了她，她也从不给我回电话，我大约有一年的时间没有她的消息了，后来有一天我从报上读到了有关她的消息。”

“从报纸上？”

“对，从报纸上，那是一则社会新闻，说本市破获了一起卖淫团伙案，有一个叫李萍的组织了一些暗娼，成立了一个应召女郎组织，一般是用电话联系应召，向一些有身份但又不愿公开的人提供色情服务，进行电话预约登记，案子破的时候这个组织已经运作了三个月了，报上说李萍从中挣了有十几万块钱！全是她从手下应召女郎身上抽头得来的，我猜想这个李萍可能就是那个李萍，于是我去了看守所，当时她还没有判，我通过市公安局的朋友打听到了她，真的是那个李萍！我一下子惊待了，有一种某种东西被毁灭了的感觉，我犹豫了好几天，下决心去看守所见了她一面。”

“她怎么样？”

“我被朋友领着去看了她一次，她看见了我，脸上的表情一瞬间非常复杂，但她旋即又恢复了冷漠。她平静地说：‘来看我的笑话吗？’我一下子就哭了，我不知道为什么，我不能不流泪，因为我的朋友告诉我她可能要被判八九年徒刑。我说，‘你这样做一定与我有关，一定是我伤害了你……’她冷笑了，你？你没有这么大的能耐吧，这是我选择的结果，与你没有关系的。我需要钱，就这样，咳，要是再干三个月我就会收手的，我只想在这座城市中买一套房子买一辆车，可我的运气不好，我太背了，被一个臭女人给卖了……你来干什么？你来看我的笑话吗？你说！我恨你！我恨你！你践踏了我的感情，你让我在感情上死了，这就是你在我生活中出现的作用，你说，你说……她突然扑过来打我，但警卫把她拉开了，我很难过，我走了，后来她被判了七年徒刑。”

我说完了，一瞬间感到格外的寒冷，这一刻非常安静，静得仿佛世界上只剩下了我们两个人，我们都没有说话，停了一会儿，我听见远处有松枝带着雪折断的声音，天池湖面上反射着一些细碎的灯光，我这时觉得我很没意思，我转过脸看她，发现她脸上有几点晶莹的东西，那毫无疑问是泪水。

“你哭了？”我问她。

“……为了女人，为了女人的命运，实际上，谁都不是坏人……”

我突然之间觉得我很孤独，我觉得我很复杂，是的，我已经二十七岁了，我经历了一些事，伤心或者不伤心的，我浑身斑驳不再单纯了，在今天，以及在未来的岁月中，我还能再开始来相爱吗？当我明白了什么是爱的时候，我还有力量和单纯的激情去爱吗？

十

我们的旅行由西再向西南，到达了成都。

这是一座方言城市，在这座城市中行走，不知不觉中你甚至按照这座城市中的方言讲起话来了。我记得我们整日在城市中行走，如同我们在其他城市中的行走，我们步行穿越城市的街区。

步行是最适合观察者旅行的方式，我们看见了这座城市独特的风物与面具、人情与世故，这当然是匆匆的一瞥。

但我们是从哪一天出发，已在外面旅行了多少天了呢？我记不得了，但我们仍旧是在冬天之中旅行，却还没有走出冬天。

她的情绪在一天天好转，她在从另一个男人的阴影中走出来，在逐渐地贴近我，我们一起回忆我们的成长，在陌生的城市，把回忆的火把吹旺。

“后来呢？那个澳门青年，你喜欢过的那个澳门人死了以后，你如何生活的？”我问她，我们在成都的一些茶社中坐着，我们的边上尽是裸露着精瘦上身的喝茶老人，成都的茶馆的人出奇得多，出奇得喧闹，也出奇得便宜。

在这里坐着说话的人，坐在各种竹制和木制的椅子上，用一种方言交谈，你随便拍一些照片下来，就会是很好的老照片。

青青说：“他的死对我的打击非常大。人的感情中总有一部分最柔美和最深沉的一部分，我的这部分感情被他触动了，但有一种奇怪的力量把他牵向了死，好像死才是她唯一的出路，唯一的方向，他看见了死，如同看见了唯一的光亮，他非要像飞蛾一样地投向它，他真的向它飞了。他死了……他一点也没再意会给我带来什么样的伤害，他只管想着去死。”她沉默了，有些黯然神伤。

“可是你对他的那种感情，是一种姐弟式的亲情，还是一种爱情，你考虑过吗？”我问她，我想这两者是有区别的。

“我想过，你知道，我从小就是生长在一个有缺失的家庭中，我憎恨欺骗，我柔弱无力，我想逃离家，离得越远越好，整个少女时代，我把我的关爱都倾注在各种小动物身上，我养猫、养狗，我走路都害怕踩死了蚂蚁，我把受伤的鸟儿的翅膀包好，我再把它放飞到天空里，我喜欢对一些花朵说话，我喜欢看星星的变动，我总是有一种姐姐式的关怀，都倾注到了好多小动物的身上，我遇见了他，的确像个姐姐似的对他，他也总喜欢依偎在我的胸部安睡，所有的怜爱都迸发了出来，然后他自己却死去了，就是这样的。”

“……是，你是爱他，因为他柔弱，他不想再抵抗世界带给他的种种压力了。自杀，死，有时候的确是美的，它使生命获得了酷烈的意义，使个体生命陡然间得到了灿烂的证明。”

“不，如果自杀可以逃避，连爱也不能拯救吗？”她有一些激动，“一个连死都超越不了的人，如何又能领受生的意义？”

我看着她，我突然苦笑了一下，“……你还是爱他的……我永远也得不到你的这样强烈的感情的……”我有些伤心，我伤心得连话也说不出来了。

她的目光渐渐地变得充满了怜爱和愧疚。“对不起，不是我有意伤害你的。”她握住了我的手，“我们只是在认真地回忆与梳理我们的感情历程，为了我们能好好地开始，这些天，我们不是一直在不停地回忆吗？”

我的神色仍旧有些黯淡，我想，对我们自己的情感成长的斑驳确认，是否会影响到我们的未来？毕竟，我们是带着一种相遇的强劲力量，来进行这样一次旅行的。

“要是那个澳门青年是我，该有多好啊。”我说。

她柔和地拥向我，柔和地亲吻着我，“对不起，让死者沉睡吧，我们不要去惊醒他，我们活着，我们仍将生活下去。”

那些茶社中的老人看着我们，我们衣着鲜亮，身上所有的衣着、饰物都与这座城市不同，我们的倾诉与波动，我们的拥抱是有了老照片般的风格，场面寂静了一会儿，又重新喧闹了起来。

我们沿着长江向东漂去，我们坐在船上一路向东，江水由清朗渐渐变得混浊，一条条浊流与清流中途加入了它，使它变得宽阔与深沉。

在面对长江的时候，我们都没有说话，一种忧伤抓住了我们，我们原来觉得我们会离得很近，可是忽然，我们发现我们之间的距离还很遥远，一种看不见的空气把我们之间的距离填满。

我们到了武汉，从这里上了岸，坐飞机去了上海。

我过去没有来过上海，这是一座嘈杂忙乱的城市，它的变化日新月异，每一座城市都有它的品格与魅力，秘密与伤口，我们看见了什么？是外滩的旧殖民地时代的租界建筑吗？是棚户区那长长的有几千号的巷道吗？是密布在人头顶的电线和阴暗的天空吗？是浦东那一幢又一幢拔地而起的高楼吗？

“我喜欢高楼，”我对她说，“我想做个蜘蛛人从外面一点点地爬上去。”我指着那幢位于浦东的刚刚封顶的新金茂大厦时对她说，这里有一种生长的气息，在不可抵挡地向上长。

她仍旧沉浸在一种复杂的情绪中，“我并不喜欢高楼，我其实喜欢那些老房子，老得墙上全是爬山虎，院子里到处都是青藤的老房子，我害怕高楼。”

我们散着步，在外滩，在江水上眺望四周，“你后来又是怎样结识了王林？”

“仍旧是在歌舞厅。”

“仍旧是在歌舞厅？在南方，歌舞厅看来是个最好的邂逅场所。”

“是在歌舞厅。有一天，那大约是那个澳门青年死去一年之后，我们公司在海口有一笔业务，我们的总经理和我一起去了，海口的歌舞厅很多，我那会儿的情绪已经从他的死的影子中走出来了，有一天我们正在一家歌舞厅的包间里和一个客户唱歌，忽然门开了，当时已是凌晨一点，门是被撞开的，然后跌跌撞撞进来了一个人。”

“进来了一个人？”

“是的，他一进来吓了我们一跳，我打亮了大灯，我们都惊住了，那个人满脸是血，他的眼鼻都青肿了，显然他刚刚被人打了一顿，他已辨不清方向了，一进来一头扎到我所坐着的沙发的边上，呼呼地喘着气。”

“他伤得厉害吗？”

“还好，看上去像是皮外伤，但他被打得不轻，我说：‘你怎么啦？’他不回答我，只是呼呼地喘着气，坐在那里不能动。这时候从外面又进来了三个人，全部穿黑色的西装，三个精瘦的小伙子，每个人手里都拿着一把一尺多长的锃亮的砍刀。”

“他们要杀他吗？”

“看那样子像他们冲过来就要砍他。这时候，一屋子的人都呆住了，我却不知道从哪里来了一股勇气，我说：‘你们住手！你们要砍他就先砍我吧’！”

“他们呢？”

“那三个人惊了一下，其中一个人说：‘真的？小姐，我们可以先砍你？’”

“我说：‘是，你砍吧，你砍吧！我毫不犹豫，我把胳膊伸了出来，你砍吧。’”

“那几个拿砍刀的人想了想了，为首的那个人说，好，好！我就砍你！他说完，把刀向空中一举，就向我的胳膊砍下来。我的心里一紧，闭上了眼睛，但我并没有将胳膊收回，但停了一下，我发现我并没有挨那一刀，我睁开眼，那个拿刀的人说：‘好样的，小姐，你果真不躲刀。我不砍你了，先留下，以后再砍。’他说完，带着另外两个人走了。”

“后来呢？那个挨打的人，一定是王林了。”

“是的，正是他。他休息了一会儿，站起来对我说，姑娘，你真太多余了。他就这么走了。”

“我后来有很长时间没见到过他，我把他忘了。可是，就在海口，我病了，病得很重，我奇怪地得了重金属中毒——水银进入了我的血液，我病倒了。头发脱落着，我身体上到处都在发炎，我以为我快死了。这时候，他不知怎么就出现在医院，他一声不响地付了我全部的药费，他每天都给我拿来玫瑰花，我开始不太喜欢他，他比我大十岁，他总是给我谈她，他结过一次婚，又离了。他希望我做他的女友。我说，我考虑三个月再说，三个月后，我答应了他，那时我二十五岁。”

她说完了，这是在上海，在上海的外滩。从南到北，从东到西，再从西到东，我们在大地上走了一圈。现在，风云流转，风云际会，我们是在别人的城市，来诉说我们自己。如同在异域，才最想念故乡，最依赖回忆。

“然后，我出现了。多年以后，我又出现了，就在不久以前，对不对？”我忽然大声地对她说，惊动了不远处的一些鸽子和一对恋人。

“是，你出现了。我发现我生活在偏差中。王林他完全是另一种人，他不是我期待的那种人，说到底，他只是一个生意人。他常常把我遗忘，我下决心要离开他，我要和你在一起。”

“为什么，难道……难道我也将成为你的一个站吗？有一天，你仍将从我这里出发。”我又大声地说，我很激动，仿佛发现了一个秘密。

“不，不不”，她哭了，“不，我们还没有开始，或者说只是刚刚开始，你要对我有信心，我所有的经历都已经说完了，剩下的就是我们的开始了，你现在告诉我，即使我经历了这些，你也仍能接受我吗？”

我看着她，我说：“那我也要问你，即使我经历了那么多，如同我告诉你的那些，你也能接受我吗？”

我们看了对方大约有十秒钟，我们一起点了点头。

我说，“好吧，我们回到北方去，去开始我们的生活。”

十　一

是的，我们后来开始了我们的生活，我们像两只候鸟一样走过了一些城市，我们在这些城市之中留下了一些痕迹，我们在向着成长的道路上回望，我们诉说了一些泥沙俱下的细节，我们解开了一些秘密。

然后呢？

生活以它制造垃圾的速度在向前冲，而我们刚回到了北京，我们要开始我们的生活。当激情过后，灿烂归复于一种宁静或许是最真实的，我们开始了我们的生活。

我与朋友合开了一家影楼，而她则在一家图片报社工作，我们住在一起，住在一大片塔楼的中间，仿佛是城市中的候鸟，我们终于在这里安家了。

对我们的过去，早已讳莫如深，或者说成长已使我们斑斓，而未来的生活才刚刚展开。一切都在生长，如同有一部分东西将死去，像这座城市在大地上展开它的手脚，像小鸟醒来，发出它的歌唱声。

我们试着生活在一起，像两只蝴蝶，相向着合上翅膀。突然之间，结束了旅行，生活在一种具体的生活当中，一切都变得具体了，饮食起居、收入、住所，每天的情绪变化、工作，纷涌而来的都市信息。

有时候，为那些新人拍完照片，我身陷于都市的人流中，我感到我仍是一个再平常不过的人，如同河流中的一滴水，我融了进去，我消失了。

我们的生活之中充满了情趣，我们一起郊游、泡酒吧，按照《吃在北京》的介绍，我们挨家去吃那些别有特色的餐厅，有时候我们还一起去跳舞，她在学习古筝，而我则在拍摄那些胡同，这座城市中已显得越来越少的胡同，为的是能为此出一本影集。

生活向我们展现了安宁的一面，它衍化了我们也消磨了我们。诗意渐渐退却，裸露出的是事物的本来面目。

有一天，在床上，我问她："你觉得和我在一起感觉如何？"

青青侧着脸，她很认真地说，"挺好的。我有时候非常喜欢安静的生活，这样可以感到时光在流逝而内心安宁，你带给了我一种平和的空气，我珍惜这种空气。只是我总是担心你在意我的过去，我的澳门男友，以及王林。”

“他们本来都与我没有任何关系，他们一个死了，一个活在另一种空气之中，但他们通过她，我过去和现在的恋人与我发生了联系，从内心深处讲，我并不喜欢他们，他们像一道伤痕，牢牢地印在了她的身体中和心灵上，像一道擦痕，加上他们的体液也残留在她体内，这是一种气味，或者，还是一种慢性炎症，它有时就会影响我们，影响她的情绪，使她黯然神伤。”

“我有时候觉得爱是一件困难的事，爱是变化着的，爱的游情也不能持续到永远，生活却常变常新。”我对她说。

“也许某一天，忽然你说，我们一起生个孩子吧。”

“好，”她的目光之中飘过了一些云彩，“和你在一起，我真的觉得我在渐渐变得透明，生活是宽厚的，它的悲剧意味是我过去看见过也十分惧怕的，我们会很好的。”

我们是很好，但我们也吵架。我们都是完美主义者。有时候，生活中有其最狰狞的一面它会在你不轻易的时候渐渐露出它那尖利的牙齿。

因此，她常出差，去拍一些图片，拍各种图片新闻，有几张是在乡村计划生育站拍的，给了我很深的震惊，那是乡村计划生育大夫的医务生活，画面上那些产妇躺在那里的样子非常使人揪心，乡村医生在做着手术，一些孩子趴在窗户上往里望。

我们也经历了考验，有一段时间，我和朋友们合开的影楼由于竞争不过几家台湾人开的影楼而倒闭了，我失业了，我们的生活费就全靠她的收入了。这是严峻的考验，但她还好，没有觉得这是多么严重的事。后来，我又转到了一家房地产置业顾问公司。

但在这时候，她病倒了。医生检查出来，她是白血病。

病发的速度是很快的。我们想尽了办法，移植了骨髓，但仍旧不行。

她身上都是出血点，她一天比一天变得消瘦。她的眼睛一天比一天大，我用心照看她。她说："我多想给你生个孩子啊！"

我想这是生活中那隐藏在冰山之下的绝大部分向我们拦腰撞来的结果。我们再一次相逢，互相倾诉，告别了过去，在一起共同生活，但是，她却病倒了。

这就是生命个体要承受了的悲剧力量吗？

几个月后，她死了。我的何青青死了。我没有哭。

十 二

我走在这座城市中，像是一个追寻记忆的遗忘者，我的确生活在这座城市中，我确信这一点，但我却记不清我在这座城市中的具体生活了。

或者说，这一切不过是一个梦？一个有关爱、成长与经历的一个梦？被我深深地遗忘了？

我走过广场、大街，我坐在地铁、公共汽车，我想起了一些事、想起了更多的事、想起了徐安和吴晓梅，我去找到了徐安，那还是在北京第三福利院，我找见了他。

这是一家精神病医院，在医生的带领下，我走了进去，我找见了徐安。

他穿着白色的衣服，在院子里走，每走几步，他就要再往回走，去重新找他走过的脚印，但他发现它们已经从大地上消失了。

“有人来看你了，徐安。”大夫说。

徐安站住了，他看着我，他的表情非常迷茫，一年下来，他已经老多了，而且他也不刮胡子，叫胡子在脸上乱长。

“你是谁？”

“我是你的好朋友，胡克，我来看看你。”

他的表情更加迷惘了，他想不起我是谁了。过了一会儿，他的脸上还现出了一种恐惧，他拔腿就往屋内跑。

“别跑，徐安，别跑。”我说，我跟了上去，吴晓梅去了日本，而他则来到了这里，他们曾是迷人的一对儿，我跟了上去。

我看见他在屋子里翻一些东西，他惊慌地喊着：“他是来抢这些东西的，他是来抢这些东西的！”

大夫和我竭力使他安静下来，我不停地说，我是他的朋友，我是他和他妻子的好朋友胡克，慢慢的，他好像想起我是谁了，他给我看了一本影集，那全是他和吴晓梅从大学时代和他一起拍摄的，它们是他的爱的见证。“她是谁？她怎么和我在一起？”他问我。

他真的把一切忘了还是装的？

我说：“她曾是你妻子，她叫吴晓梅，后来你们离婚了，然后她就走了。”

他听得似懂非懂，但还是认真地点了点头。

那天晚上，他叫我看所有他和吴晓梅相爱多年留下来的东西，它们装满了一个大纸箱子，它们是各种信物、照片、日记和衣物，他还保留着这些，我那天看完了他的日记。我知道了他们相爱的全过程，更细的过程。在过去，他们没有钱，却生活得很好，但后来，他们有了一点钱，却一天比一天不幸福，以至分手了。

我有一些悲哀，我通过他的日记，感受到了生活中那潜伏在冰山之下的绝大部分，但我已无力诉说了。

在我看来，当代的生活，当代的情感，网络时代的爱情，更多地呈现了碎片的性质，我无法把它们拼凑起来，我只描绘了一部分，一部分碎片，而生活中还有规定我们的另一种暗流，另一种力量，比如背叛、变动、死亡，我却无法把它说出。就像我生活在这座城市，但我却已无力去真正描绘它。

第二天，我对徐安说："我要走了，你多保重！"我伸过手去与他握手。

但他忽然狐疑地缩回了手，他的表情则充满了恐惧："你是谁？我并不认识你。"

我看了他一会儿，我盯着他的眼睛看，过了一会儿，我明白他真的把我忘记了，如同我也将忘记所有的东西，我们都是遗忘者，我停了一下，拿回了手，我走出了福利院。

我走在这座城市中，置身于茫茫的人流之中，像一块木头漂浮在水中，我对于这座城市来讲，完全是一个陌生人吗？我走着，就恍惚间又产生了幻觉，我想我要碰见一个人了，我看见了一个人的背影，她走得很快，像是城市中行走的影子，我追了上去，我说："嗨，你是吴晓梅吗？"

她站住了，我看了看，我记不清了。“我不认识你，”她说，“我不是吴晓梅？”

“那你是何青青吗？”

“不，我也不是何青青。我叫张丽。”她说。

我站在城市的大街上，这时下雨了，雨点很细，像飞动的柳絮。我站在城市中，我想：我是谁？我从哪里来？我要到哪里去？看来把这一切都忘了。而城市，正是记忆遗忘的中心，在大地上把它记忆的勾回扩展。